C O L E C C I Ó N

CUATRO AMIGOS Y MEDIO

El caso de la misteriosa «epidemia del profesor»

edebé

edebé

Joachim Friedrich

El caso de la misteriosa «epidemia del profesor»

edebé

Título original: *4 1/2 Freunde und der Rätselhafte Lehrerschwund*
© 1996 by Thienemann Verlag (Thienemann Verlag GmbH),
Stuttgart / Wien

© Ed. Cast.: edebé, 2004
Paseo de San Juan Bosco, 62
08017 Barcelona
www.edebe.com

Directora de la colección: Reina Duarte
Ilustraciones: Mikel Valverde
Traducción: Soraya Hernán-Gómez

3.ª edición

ISBN 84-236-6835-5
Depósito Legal: B. 12665-2005
Impreso en España
Printed in Spain
EGS - Rosario, 2 - Barcelona

Las diez reglas de oro del buen detective

1
Confía en tu intuición

Era uno de esos días que no auguraba nada bueno. Al despertarme, ya noté ese nudo en la boca del estómago que, a todo sabueso que se precie, le indica que ya se puede ir preparando para lo que se le avecina. Pero el que sabe interpretar las señales está preparado.

Después de una refrescante ducha, me metí en mis vaqueros desgastados, me puse mi sudadera preferida y me dispuse a desayunar. Mis antenas estaban activadas. Registraban cualquier movimiento a mi alrededor, por insignificante que pudiera parecer, con la sensibilidad de un detector de infrarrojos. El don de la observación es la herramienta más importante para un detective de éxito.

En la cocina me estaban esperando los demás miembros de nuestra comunidad doméstica. Mi padre, un directivo de éxito, estudiaba la sección económica del periódico. Me saludó con un amable gruñido. Mi madre estaba sentada frente a él, tomándose un café. Me sonrió contenta. Llevaba un impecable traje azul que habría adquirido, como de costumbre, en una de esas tiendas caras de marca, y estaba perfectamente maquillada y peinada. Por lo que deduje, mientras ponía en marcha el tostador con unas cuantas hábiles maniobras, habría quedado con vete tú a saber qué amigas, para hacer vete tú a saber qué cosas, de las que yo no tenía ni idea de para qué podrían ser útiles. Mis hermanos ya hacía tiempo que le habían dado la espalda a nuestra familia y se habían ido de casa a estudiar fuera. Únicamente volvían durante las vacaciones para crisparme los nervios con su presencia. Por suerte, eso no iba a ocurrir hasta dentro de unos cuantos meses.

De modo que esta casa, con un padre muy ocupado, una madre cuya presencia es escasa y unos hermanos cuya presencia es nula, podría haber sido el sitio ideal para llevar a cabo una tranquila y fructífera labor de detectives, si no fuera porque estaba *ella*.

¿Sería ella, una vez más, la razón de mi mal presagio? No la perdería de vista. Si estaba tramando algo, se delataría por sí sola. No se me iba a escapar ni una mirada, ni un movimiento sospechoso, ni una palabra por muy insignificante que pareciera. Ella había embutido su delgada figura en un vestido demasiado estrecho, y había restaurado, más o menos, su insufrible cara con mucho maquillaje, con la intención de mejorarla para atraer a sus redes a ignorantes individuos del género masculino que no conocían su verdadero carácter. No aparté mi vista de ella ni un solo segundo. Incluso cuando sus turbios ojos azules me miraron con desfachatez, yo la seguí observando con frialdad. Ella no fue capaz de arrebatarme ni siquiera un pestañeo.

—¡Mamá! ¡Ya está Charly otra vez mirándome como un besugo!

Mi padre levantó la vista del periódico.

—Chicos, dejad de discutir.

Y también mi madre mostró su habitual reacción.

—¡Nicole! Por favor, ¿podrías acostumbrarte a no utilizar esas expresiones tan ordinarias?

—Pero, mamá, si es que me está mirando como un besugo, ¡de verdad!

—¡Mentira! —me defendí en pro de la verdad—. Sólo la estaba observando. Como entrenamiento, por así decirlo.

Mi madre suspiró.

—¡Ay, cariñito! ¿Otra vez estás jugando a detectives? Si sabes perfectamente que a papá y a mí no nos gusta nada.

Mi padre gruñó tras su periódico, de forma afirmativa.

—Cariñito, ¿por qué no te apuntas a un club de fútbol? Estoy segura de que allí conocerías a niños de tu edad muy agradables.

Ya puedo proponerme las veces que quiera no alterarme cuando mi madre me trata como si yo acabara de superar la etapa de los pañales. Ella consigue una y otra vez sacarme de mis casillas.

—¡Mamá! ¡Yo no juego a detectives! ¡SOY un detective! Al fin y al cabo, ya he resuelto un par de casos. Y no me llames siempre «cariñito». ¡Me llamo Charly!

—Sí, sí, cariño, ya lo sé. Aun así deberías cuidarte más. Y ya que tienes que entrenar, al menos no lo hagas con tu hermana.

—Pero es que ella es la más adecuada.

Esperaba que a mi hermana le diera una de sus típicas explosiones de ira debido a mi inteligente y chistoso comentario. Pero me equivoqué. A cambio, transformó su cara en una diabólica sonrisa y dijo:

—Tal vez sea yo la que dentro de poco se entrene contigo, hermanito.

Por mucho que me esforcé, por mucho que empleé todos los métodos de interrogación que había aprendido durante el ejercicio de mi labor de detective, no pude sonsacarle a Nicole lo que había querido decir con eso. Finalmente, fue mi madre con su famoso «¡Cariño, ya está bien!» la que me hizo callar.

Así fue cómo, todavía profundamente ensimismado, llegué al patio del colegio. Allí estaban mis compañeros de armas: los componentes de la ya conocida por la prensa Agencia de Detectives Charly & Company. Me estaban esperando. ¿He mencionado ya que con nuestro último caso salimos en el periódico?

—Ten cuidado, no te tropieces —me saludó Estefi.

—¿Por qué?

—Porque te vas pisando el morro. ¿Estás enfadado o qué?

Estefi es la única chica de Charly & Company. Es nuestra experta en informática. Siempre es bueno tener a alguien así, por ejemplo cuando hay que conseguir datos para resolver un caso de espionaje. Por una especialista de este calibre, soy capaz de asumir incluso que sea una bocazas. No pasa ni un solo día en que no trate de tomarme el pelo. Y la verdad es que a veces lo consigue.

—Enfadado es poco. Mi hermana me ha sacado de mis casillas, como siempre. ¿Por qué no seré hijo único?

—¿Te ha tocado limpiar otra vez la casa? —quiso saber Rabanito—. Tu hermana es una maniática de la limpieza.

Rabanito es el hermano mellizo de Estefi. En realidad, se llama Óscar Rademacher. Pero como es más pequeño que su hermana, bueno, es muy bajito, le llamamos Rabanito. Rabanito es muy cauteloso. Huele el peligro a kilómetros. Por eso también él es muy útil para una agencia de detectives. Al fin y al cabo, hay que tener a alguien que te alerte cuando te expones a un peligro demasiado grande. En secreto yo le llamo «la antena».

—Esta vez no se trataba de limpiar. Pero me basta con sus estúpidos comentarios. ¿Sabíais que esa cabra loca se ha matriculado en una asignatura de Pedagogía? Imagináoslo, ¡algún día desea ser maestra!

—¡Eh, tíos, eh! —exclamó Fede—. ¡Pues lo siento por los niños!

Fede es el cuarto miembro de Charly & Com-

pany. Es nuestro cuidador de perros. Es un trabajo que realiza poniendo todo su corazón. Cuando alguien critica algo sobre Precioso —así es cómo se llama nuestro perro—, Fede se convierte en una fiera.

La cuestión es que me alegro de tener a ambos trabajando conmigo. Al fin y al cabo, una agencia de detectives sin perro es como un coche con tres ruedas. Claro que nuestro perro no tiene precisamente el aspecto que uno espera de un perro-detective. Precioso se parece más bien a una escobilla de WC que ladra. Es pequeñajo, le falta media oreja y, también, algunos dientes. Silba como una vieja cafetera a través de su mellada dentadura. Pero precisamente ése es un camuflaje perfecto. Una vez que haya finalizado su formación, será un miembro muy importante de Charly & Company. Aunque me temo que hasta entonces queda un largo camino por recorrer. Por eso, cuando Fede se lo encontró, lo acogimos temporalmente como medio miembro y lo instalamos en el jardín de mi tía Hilde.

En definitiva, todos mis colaboradores son expertos en su campo. Juntos formamos un equipo perfecto.

—¿Qué es lo que ha dicho tu hermana tan terrible? —quiso saber Estefi.

—En realidad nada en especial. Sólo hizo un comentario tonto y me sonrió de forma muy extraña.

—¡Eh, tío, eh! ¿Eso es todo?

—Sí, pero tengo un presentimiento extraño y ya sabéis que mis presentimientos no fallan.

—Sí, claro —respondió Estefi—, se me había olvidado que eres el Gran Detective.

¡Ya empezaba, de buena mañana!

—Estefi, ¿no podrías tomarme en serio aunque fuera una sola vez?

—Dejad de discutir —se metió Rabanito por el medio—. No habrá sido para tanto. Mientras no nos haga limpiar la casa...

Rabanito tenía razón. Posiblemente sólo habían sido imaginaciones mías, porque Nicole siempre se pasaba mucho conmigo. En cuanto Charly & Company se reunía en mi casa, ella encontraba una excusa para afirmar que habíamos ensuciado algo. Y entonces nos cargaba con aspirador y trapo en mano por todas las habitaciones hasta que todo estuviera como los chorros del oro.

—¿Nos dirá hoy el «Gran Siggi» adónde vamos a ir de excursión? —preguntó Rabanito interrumpiendo mis pensamientos.

El «Gran Siggi» es nuestro tutor. Su nombre está más que justificado, porque es tan ancho como largo.

—Tal vez viajemos a Italia —dijo Fede—. ¡Eso estaría genial!

Estefi movió la cabeza negativamente.

—No lo creo. Es demasiado caro.

Al finalizar las clases de ese día, nuestro tutor por fin nos informó.

—He encontrado un alojamiento muy cerca. Es un albergue muy especial.

Intercambié una mirada significativa con Estefi, mientras el sonido de la decepción se extendía por la clase.

—Ya sé que vosotros hubierais preferido ir a Italia —continuó el «Gran Siggi»—, pero por desgracia es demasiado caro. A cambio, y ahora atentos, este albergue se encuentra a orillas del Rin, ¡en una fortaleza de verdad!

—¡Qué fuerte! —exclamó alguien—. ¿En una fortaleza de verdad?

—Sí, ¡en una fortaleza de verdad! —afirmó el «Gran Siggi» encantado—. Aunque no viviremos exactamente dentro de ella. Allí sólo están el comedor y las viviendas para los empleados. Nosotros nos alojaremos en unos pequeños *bungalows* que hay justo delante. En cada *bungalow* dormirán seis alumnos y un acompañante.

Saqué rápidamente la cuenta: como éramos treinta y seis alumnos, necesitábamos seis *bungalows*.

—Al principio pensamos que no iba a poder ser

—nos contó el «Gran Siggi»—. Como necesitábamos seis *bungalows* y únicamente podían ir dos profesores como acompañantes, no disponíamos del personal necesario para la vigilancia. Pero hemos cursado una solicitud y ahora pueden acompañarnos dos profesores más.

—¡Entonces nos siguen faltando dos! —exclamó un listillo.

—Sí, sí, ya lo sé. ¡Pero dejadme que acabe de hablar! Y es que hemos convertido el defecto en una virtud…

De repente me miró a mí, y eso que yo ni siquiera me había movido. Mi olfato infalible me dijo enseguida que aquello no podía significar nada bueno.

—Así que pensamos que podríamos darles la oportunidad a algunos alumnos mayores de la rama de Pedagogía, para que vayan cogiendo experiencia. Dos de ellos viajarán con nosotros como acompañantes.

Sentí cómo un gélido escalofrío subía por mis piernas al tiempo que mi cabeza ardía como las ascuas de una barbacoa.

—Charly, te alegrará saber que tu hermana mayor Nicole es una de ellos.

Mientras seguía luchando contra el desmayo, oí muy de lejos el sonido del timbre que anunciaba el recreo.

—¡Eh, tíos, eh! —refunfuñó Fede cuando llegamos al patio del colegio—. Hasta ahora el «Gran Siggi» me caía bastante bien, pero eso de echarnos a Nicole al cuello... La verdad, ¡es lo peor que podía hacernos!

—Me siento como antiguamente la gente en Roma —dijo Rabanito—. A ésos también los echaban a los leones.

Estefi asintió.

—Pero en el caso de Nicole, seguro que antes de echarles como pasto a los leones les haría limpiar el anfiteatro.

Yo aún no había recobrado el habla. Una y otra vez veía ante mí a Nicole mirándome con esa sonrisa maquiavélica durante el desayuno. De modo que a eso era a lo que se refería cuando dijo que entrenaría conmigo. ¡Estaba tan furioso que hubiera podido mandar al «Gran Siggi» a la luna! Una vez más, mi intuición no me había fallado. Aunque esta vez hubiera deseado equivocarme.

—¿Qué hacéis aquí parados como pasmarotes? —escuché decir a una voz tras de mí.

Era Simón. ¡Justo el que me faltaba! Es el jefe de una banda de chiflados de mi clase. Los llamábamos «Hombres Saurios» porque juegan con muñecos de plástico repletos de músculos que cabalgan sobre dinosaurios, incluidas sillas de montar y armas láser. Se traen esos absurdos muñequitos al colegio y juegan con ellos en los recreos. Es decir, los van desplazando ante sí gritando «¡Zisch!» y «¡Bang!» y «¡Uaaah, me han dado!». Ya digo, ridículo.

—¿Y qué haces tú aquí? —pregunté, plantándole cara—. ¡Lárgate a acariciar a tus dinosaurios!

Simón se puso en jarras.

—Nada de eso, se acabaron los dinosaurios. ¡Pero a cambio os acaba de salir competencia!

—¡Eh, tío, eh! ¿Y eso qué quiere decir?

—Significa que nosotros también hemos creado una agencia de detectives. Si vosotros podéis, nosotros más, ¡e incluso mucho mejor!

—¿Que vosotros, saurios de pacotilla, queréis resolver casos?

Simón bufó despectivo.

—La banda de los Hombres Saurios ya no existe. ¡Ahora nos llamamos los «Bad Boys»! Además, sólo la componemos Javier, Óliver y yo. Es más que suficiente para daros un repaso.

—¡Bad Boys! —exclamó Estefi—. ¡Pues sí que os habéis estrujado el cerebro buscando un nombre! No sé por qué, pero os pega.

—¡Quien ríe el último, ríe mejor! Ya veréis como dentro de poco nosotros también saldremos en el periódico. Quizá cuando volvamos de la excursión —bufó Simón, dándose media vuelta y alejándose con paso firme.

—¿Qué ha querido decir con eso? —quiso saber Rabanito—. ¿Y cómo sabe lo del artículo del periódico?

—Posiblemente por mí —confesé—. Debí de contarlo alguna que otra vez, después de que resolviéramos aquel caso...

—Qué gracioso... ¡alguna que otra vez, dice! —repuso Estefi—. Te pasaste semanas sin hablar de otra cosa.

No estaba dispuesto a discutir por semejantes pequeñeces sin importancia.

—Y qué más da —dije intentando desviar la conversación—. La cuestión es que esos idiotas intentan hacernos la competencia.

—Quién sabe, tal vez pretendan desenmascarar durante la excursión al fantasma de la fortaleza —sugirió Estefi.

Era evidente que mi colaboradora no se tomaba el problema en serio. En cuanto a mí, aquel comentario de Simón me había dado mala espina. Y como ya he mencionado antes, mi sexto sentido casi nunca me falla.

—Aun así deberíamos mantener los ojos abiertos. ¡La competencia no descansa nunca! Aunque por otra parte, la competencia también aviva el negocio. Ahora podremos demostrar lo buenos que somos en realidad.

—¿Pretendes insistir en ir tras supuestos casos? —exclamó Estefi—. ¡Si ahora ya ves bandas de delincuentes tras cualquier esquina!

—¿Y qué? —contesté, poniendo a mi colaboradora en su sitio—. ¡Si no hubiera sido por mi insistencia, no habríamos desenmascarado a la banda de Papá Noel nunca! ¡Y tampoco habríamos salido en el periódico!

—¡Sí, sí! —suspiró Rabanito—. ¡A ver cuántas veces más nos lo vas a contar!

—Tantas como sea necesario para que comprendáis que sólo hay que buscar delincuentes para encontrarlos. Yo al menos quiero estar preparado, y por eso propongo que quedemos esta tarde en mi casa para estudiar la situación.

—¡Eh, tío, eh! ¿En tu casa? ¡No si está Nicole! ¡Que cuando está ella, Precioso siempre se tiene que quedar fuera!

—No temas —tranquilicé a nuestro cuidador de perros—. Esta mañana comentó que después de clase se iba a casa de una amiga. De modo que tenemos vía libre.

En cuanto dije aquello, todos estuvieron enseguida de acuerdo. Siempre lo están cuando les propongo ir a mi casa y Nicole no está. Y es que en casa siempre hay suficientes Coca-Colas y patatas fritas para todos. Ésa es la ventaja de tener un padre que no hace más que trabajar.

* * *

—La competencia no hace ese tipo de comentarios sin una buena razón. Tiene que haber algo más detrás de todo esto —dije abriendo la sesión, después de que se desvaneciera la primera bolsa familiar de patatas fritas y de que Precioso hubiera mordisqueado plácidamente su hueso de goma, que siempre teníamos a mano para estas ocasiones.

—¿Qué es lo que va a haber detrás? —preguntó Rabanito—. ¿Crees que ya tienen un caso?

—¡Eh, tío, eh! —exclamó Fede—. ¡Qué caso van a tener! En primer lugar ha sido hoy mismo cuando el «Gran Siggi» nos ha dicho adónde vamos a viajar, y además, los delincuentes no caen del cielo. Ya sabes tú lo difícil que es resolver un caso de verdad.

—Cierto —dije dándole la razón—. Y precisamente por eso, los Bad Boys nunca van a tener éxito.

—En ese caso ya no necesitamos preocuparnos más por ellos —recalcó Estefi—, y podemos viajar tranquilamente al Rin.

—¡Pues no! Yo tampoco creo que ya tengan un caso, pero conociendo a esa banda de traicioneros, seguro que están tramando alguna cosa. Seguramente quieren tendernos una trampa porque sienten envidia de nuestro éxito. A lo mejor simulan un delito y luego hacen como si lo estuvieran resolviendo.

—¡Eh, tío, eh! ¡De Simón me creo eso y más!

—Cierto —opinó también Rabanito.

—Todos estamos de acuerdo entonces en que debemos estar preparados, ¿no? —dirigí la reunión.

—¡Eh, tío, eh! ¡Nos llevaremos a Precioso! ¡Sin perro, no tienen ninguna oportunidad contra nosotros!

—¿Qué vamos a hacer con él en la excursión de clase? Además, el «Gran Siggi» no nos permitiría llevarlo.

Me acordé de que aún no les había contado a mis colaboradores una importante noticia.

—Cuando hablaba de que debíamos estar preparados, no me refería a Precioso, pero me temo que de todas formas sí tendremos que llevárnoslo. Es que no tenemos a nadie que cuide de él.

—¿Pero de eso no se ocupan tus tíos? —preguntó Rabanito.

—Sí, pero les llamé hace un rato y mi tía Hilde me ha dicho que en esas mismas fechas se iban de vacaciones. Y mis padres seguro que no lo van a cuidar. ¿Y los vuestros?

Los tres movieron las cabezas negativamente.

—¡Eh, tíos, eh! Pues lo que yo digo, que nos lo llevamos.

—¿Y cómo, listillo? —se enfadó Estefi.

Fede se encogió de hombros.

—No sé. Tal vez el «Gran Siggi» sí nos lo permita. Seguro que es un amante de los animales.

Yo bajé a nuestro cuidador de perros de las nubes.

—Olvídalo. Deberías conocer mejor al «Gran Siggi». Lo haremos a escondidas.

—Podríamos meterlo en una maleta —propuso Rabanito.

—O mejor, lo enviamos por correo —añadió Estefi con una amplia sonrisa burlona—. Lo sentamos en una caja de cartón, hacemos unos cuantos agujeros para que pueda respirar y le pegamos un sello de correos.

—¡Eh, tíos, eh! ¿Os habéis vuelto locos o qué?

Fede se lanzó a por el ignorante Precioso y le apretó con fuerza contra su pecho como si tuviera que protegerlo de nosotros. Éste se lo agradeció con un excitado silbido.

Aproveché el revuelo generalizado para concentrarme. Como siempre, funcionó. No pasaron más que unos instantes cuando vi la solución clara como el agua ante mí.

—Lo de la maleta no es mala idea —les aclaré a mis sorprendidos colaboradores—, pero una bolsa de viaje estaría mejor. Si dejamos la cremallera un poco abierta, para que Precioso tenga aire suficiente, lo podremos camuflar en el tren sin ningún problema.

—Y después, ¿qué? —preguntó la implacable Estefi—. No pensarás que éste se va a quedar quieto durante todo el viaje, ¿no?

Me quedé observando a nuestro perro. Ella tenía razón. Incluso ahora, Precioso silbaba más que una cafetera vieja. Y eso seguro que aumentaría una vez que se viera sentado en la bolsa de viaje. De nuevo medité el tema:

—En la estación no será problema. Allí hay tanto ruido que el silbido ni se apreciará. Tenemos que conseguir de alguna manera que uno de nosotros se quede solo en una de las cabinas.

—¿Y cómo? —preguntó Rabanito.

Era increíble.

—¿Pero es que tengo que hacer todo el trabajo yo solo, o qué? ¡Por qué no pensáis vosotros también en algo!

Miré con expresión interrogativa a cada uno de mis colaboradores, pero sólo vi caras desconcertadas. Así que hice lo que un buen jefe siempre hace en estas situaciones: meditar.

Pero esta vez fue Rabanito quien, excepcionalmente, tuvo la idea decisiva.

—¿Qué os parece si uno de nosotros finge tener una enfermedad contagiosa? De ese modo, ten-

dría que estar solo en una de las cabinas para no contagiar a los demás, ¿no?

—¡La idea es genial! —alabé a mi colaborador—. Lo mejor será una gastroenteritis. Yo ya la tuve una vez cuando me la pegó Nicole. Es verdaderamente asqueroso. ¡Eso es lo que haremos!

Únicamente Estefi tenía algo que objetar, como siempre:

—¡No funcionará nunca! Si llegas a la estación y dices algo de una enfermedad contagiosa, el «Gran Siggi» te enviará de nuevo a casa. ¿O crees que va a dejar que un enfermo venga de viaje?

—¿Tienes una idea mejor? —le repliqué.

—¡Eh, tíos, eh! ¿Y qué pasa si no se lo decimos hasta que el tren haya arrancado? Él no podrá pararlo, y no creo que una vez hayamos llegado allí, nos haga volver.

Me sentía francamente orgulloso de mi equipo.

—¡Así lo haremos! ¿Alguien tiene algo que objetar?

Miré a mi alrededor. Estefi aún torcía el morro en señal de escepticismo, pero ya no dijo nada.

—¿Y quién se encarga? —quiso saber Rabanito.

—De esta misión me ocuparé yo —dije enseguida.

Temía que en una misión tan difícil, mis colaboradores no fueran capaces de mantener la sangre fría.

2
Conserva la calma aunque el asunto se ponga al rojo vivo

Como aún faltaban dos semanas para la excursión escolar, pudimos desarrollar nuestro plan con tranquilidad. Con toda humildad debo decir que las mejores ideas las aporté yo. Lo único que consiguieron nuestros competidores con los estúpidos comentarios que tuvimos que soportar durante ese tiempo fue que yo aún me motivara más.

Cuando la noche anterior a la excursión nos despedimos, nuestro plan de acción ya estaba punto por punto determinado. Habíamos hecho incluso un horario. Para más seguridad, yo lo había anotado todo. Al fin y al cabo, sé cómo aborda un profesional este tipo de cosas:

Domingo (hoy)

17:00 horas.	Última reunión de Charly & Company.
20:00 horas.	Cena.
21:00 horas.	Una hora de tele (para que la operación pase lo más inadvertida posible, todo debe ser como siempre.)
22:00 horas.	Irse a la cama y esperar. (¡No dormirse!)
22:30 horas.	Volver a levantarse y alertar a mis padres de que no me encuentro bien. Después, vuelta a la cama y a dormir.

Lunes

7:00 horas.	Levantarse.
7:30 horas.	Desayunar. Mientras tanto, comentar lo malo que estuve durante la noche. Así Nicole podrá testificar.
9:00 horas.	Encuentro con Fede; entrega de Precioso.
9:30 horas.	Estación.
10:00 horas.	Salida.
10:05 horas.	Convencer al «Gran Siggi» para que me deje viajar solo en un compartimiento.

Siempre es bueno tener un plan. Satisfecho, lo volví a leer y me fui a cenar.

Como de costumbre, mi horario se cumplió a la perfección. A las diez en punto estaba tumbado en la cama con la excusa de que tenía que madrugar al día siguiente. Recuerdo que al echarme sobre la cama pensé «Sobre todo no te duermas», y me dormí.

A mitad de la noche me volví a despertar. No sé por qué. Probablemente fuese mi subconsciente de detective el que me alertó, consciente de que aún tenía que cumplir una misión. Es decir, había luchado contra el sueño y había ganado. Medio dormido me arrastré fuera de la cama y, tambaleando, fui hacia el cuarto de baño. Unas cuantas friegas con agua fría en la cara y volvía a estar listo para la acción.

¿Pero qué hacer? Seguro que mis padres ya hacía tiempo que estaban durmiendo. ¿Cómo alertar a unos padres durmientes de que uno se encuentra mal? No quería plantarme ante su cama, despertarlos y empezar a quejarme. ¡Al fin y al cabo ya no soy un bebé! De modo que tendría que hacer mucho ruido, a poder ser lastimoso y muy quejumbroso. Más tarde o más temprano ellos se despertarían, irían rápidamente al cuarto de baño y se compadecerían de mí. Después, contaría toda la historia durante el desayuno, cuando estuviera también Nicole, y así tendría un testigo para los profesores. Bueno, tal vez Nicole también se despertase con mis ruidos y entonces podría ahorrarme el teatro durante el desayuno. Aunque esa posibilidad era bastante remota, porque Nicole duerme como un tronco.

Así que me puse junto a la puerta del cuarto de baño y tosí, carraspeé, resoplé y simulé arcadas e hipos. De vez en cuando paraba para escuchar. Pero todo seguía estando en silencio. Incluso abrí un poco la puerta del baño esperando que mis padres se despertaran. Pero eso tampoco funcionó. El único que me prestaba atención era el perro de los vecinos, que ladraba como un loco cada vez que yo empezaba a toser como un desesperado. Quizá tomó lo que yo estaba haciendo por los ladridos de uno de sus rivales, porque cuanto más me esforzaba yo en toser, más ladraba él. Finalmente, me arrodillé ante la taza del inodoro e intenté vomitar. Después, fue como caer en un agujero negro.

Cuando volví a abrir los ojos, estaba mirando hacia una profunda y oscura cueva en cuyo fondo destellaba un pequeño lago.

En el mismo instante escuché la penetrante voz de Nicole:

—¡Mamá! ¡Charly está durmiendo con la cabeza metida en el váter!

Instantáneamente me desperté; todos mis sentidos volvían a estar al máximo de tensión. Si no me hubiera quedado enganchado en el aro de la tapa del váter,

seguro que habría estado de pie cuando mi madre entró al cuarto de baño. Pero así, me vio en toda mi miseria.

Ella reaccionó como toda madre que pilla a su hijo con la cabeza metida en el inodoro:

—¡Por Dios, cariño! ¿Qué estás haciendo ahí? ¿Te ocurre algo?

—¡No, estoy de cine! —contesté irónicamente porque la tapa me había golpeado la parte trasera de la cabeza y aún estaba algo aturdido.

Por suerte, estoy entrenado para manejarme en situaciones difíciles. Sólo unos segundos después ya estaba mi cerebro funcionando a tope. ¡La misión!

—¡Sí! —exclamé casi al mismo tiempo—. ¡Mamá, me encuentro muy mal! ¡Muy, muy mal! ¡De verdad, mamá! ¡Me encuentro fatal!

Y nuevamente ella reaccionó como una madre que acaba de pillar a su hijo con la cabeza metida en la taza del váter y descubre que él se encuentra mal:

—¡Lo creo, cariño, tienes un aspecto horrible! ¡Tan pálido! ¡Y también tienes ojeras!

No me extrañaba en absoluto. Al fin y al cabo,

me había pasado media noche compitiendo con los ladridos de un chucho callejero y la otra mitad durmiendo con la tapa del váter rodeándome el cuello. ¡Pero mi plan había funcionado! Y eso era lo más importante. Una vez más pensé lo fácil que era adivinar las reacciones de los adultos. Sólo había que saber atar cabos. Mi madre y mi hermana estaban convencidas de que tenía una indigestión. Sólo que, desgraciadamente, las madres a veces son algo diferentes a los adultos normales.

—¿Y así es como quieres ir tú de excursión? ¡Ni hablar del tema! Voy a llamar ahora mismo a tu profesor para decirle que no vas. ¡Espero que aún pueda dar con él! —y con ésas, salió apresurada del cuarto de baño en dirección al teléfono.

Yo salí tropezando tras ella dejando en el baño a mi hermana, que se estaba tronchando de risa.

—¡Mamá! ¡Si no es para tanto! ¡De verdad, ya me encuentro mucho mejor!

Mal hijo sería yo, y aún peor detective, si no hubiera conseguido convencer a mi madre. He de reconocer que tuve que emplear todo mi ingenio de-

tectivesco: súplicas, promesas, insultos… Una vez, incluso fingí que estaba llorando. Pero, lo dicho, el esfuerzo mereció la pena.

A las 9:04 horas, o sea, únicamente unos segundos más tarde de lo previsto, llegué a la esquina acordada, donde Fede debía entregarme a Precioso. Sin que nadie se diera cuenta, me había guardado una segunda bolsa de viaje. De ese modo nuestro pe-

rro estaría más cómodo durante el largo trayecto en tren. Por suerte, Nicole se había ido de casa antes que yo.

—Me tengo que reunir aún con los demás compañeros —había dicho dándose importancia.

Para mal de males, Fede aún no había llegado. ¿También habría tenido problemas nuestro cuidador de perros? Pero antes de que empezara a preocuparme en serio, le vi. Como siempre, llevaba a Precioso en brazos.

—¿Dónde te metes? —exclamé desde lejos.

Fede llegó sin aliento, no podía casi ni hablar.

—¡Eh, tío, eh! —jadeó finalmente—. Precioso y yo nos hemos tenido que despedir primero y eso ha llevado su tiempo.

—¿Despedir? ¿Por qué? ¡Si nos lo vamos a llevar con nosotros!

—Sí, ya sé, pero aún así tendré que dejarlo durante todo el viaje contigo a solas. ¡Espero que no tenga miedo!

Me estaba empezando a enfadar.

—No te preocupes, que no voy a hacerle nada a tu queridísimo Precioso. Además, si vas a volver a verlo dentro de un par de horas…

—Ya lo sé. Aun así, preferiría ir con él.

¡Lo que me faltaba! ¡Después de haberme pasado media noche sin dormir por llevar adelante nuestro plan!…

—¡Ni lo sueñes! —le contesté a Fede muy firme—. Lo he estado planeando todo a la perfección.

¡Mi hermana es testigo de lo malo que he estado esta noche!

—¡Eh, tío, eh! ¡Relájate, que sólo era una propuesta!

Le quité a Precioso de los brazos y lo metí en la bolsa de viaje. Como no podía ser de otra manera, empezó a silbar tan fuerte que se podía oír a diez metros a la redonda. Cerré la cremallera hasta la mitad para que no se le oyera tanto.

Fede se lanzó enseguida sobre la bolsa y volvió a abrir la cremallera.

—¡Eh, tío, eh! ¡Que así no podrá respirar!

—¡Claro que puede respirar! Si aparecemos en la estación con una bolsa que silba, no hace falta que te diga el tiempo que podremos mantener a Precioso escondido, ¿o sí?

Así seguimos todavía un rato con el tira y afloja, hasta que finalmente nos pusimos de acuerdo de no cerrar la cremallera hasta poco antes de llegar a la estación.

A Precioso lo dejamos en la bolsa para que se fuera acostumbrando. Se había hecho ya tan tarde que tuvimos que darnos prisa. Yo llevaba la bolsa con Precioso en una mano y la bolsa con mis cosas en la otra. Nuestra preocupación en cuanto a los silbidos de Precioso resultó infundada. Cuanto más tiempo llevábamos andando, más silenciosos se hicieron los silbidos, hasta que finalmente enmudecieron. Precioso sólo asomaba un poco la cabeza. Parecía como si le gustara que le pasearan de ese modo. Pero a mí, poco a poco, se me estaba haciendo muy pesado y eso que Precioso es un perro pequeño. Fede opinó que aun así debía seguir llevándolo yo solo, porque de ese modo podría mantener el equilibrio. Aunque sonaba bastante lógico, no pude evitar la sensación de que me estaba tomando el pelo.

A nuestro perro parecía gustarle tanto ir en la bolsa que ni siquiera volvió a silbar cuando, poco antes de llegar a la estación, le metimos suavemente la cabeza en el interior de la bolsa y cerramos la cremallera hasta la mitad.

Cuando llegamos al andén que nos había indicado el «Gran Siggi», el tren ya estaba listo para partir. Y por lo que pude ver, también habían llegado ya todos nuestros queridos compañeros de clase. El «Gran Siggi» se esforzaba por poner orden en el guirigay que tenían montado. A su lado estaban nuestros otros acompañantes. Además del «Gran Siggi» viajaban con nosotros tres profesores. La primera era la señora Rotkehl, nuestra profesora de Música. Siempre que se unía a alguna excursión, acabábamos cantando a todas horas. Así que con eso ya contábamos. Justo a su

lado, peinándose, estaba nuestro profesor de Matemáticas, el señor Brinkmann. Nosotros siempre le llamamos «el guapo de Gerardo», porque durante cada una de las clases de *Mates* se mira por lo menos tres veces en el pequeño espejo que hay colocado encima del lavabo de las aulas. La última en la fila de profesores era la señora Sulte-Stratmann, nuestra profesora de Biología. Cuando Fede la vio, no volvió a apartar su mirada de ella ni un solo instante. Seguro que rezaba para que le tocara a ella la vigilancia de nuestro *bungalow*. Fede está enamorado de ella y ésa fue precisamente la razón que motivó uno de nuestros primeros casos, pero prefiero no contarlo ahora.

Empecé a buscar a Nicole. Al principio no pude verla por ninguna parte, pero justo cuando empezaba a hacerme ilusiones, el «Gran Siggi» se movió hacia un lado y tras sus anchas espaldas apareció su cara. El último acompañante era «cara de paella», del curso de Pedagogía al que también iba Nicole. Si mi extraordinaria memoria no me falla, creo que se llamaba Tomás, pero él se hacía llamar Tom, para fardar delante de las chicas.

Mis colaboradores también habían llegado ya.

En cuanto nos vieron vinieron rápidamente hacia nosotros.

—¡Jo, creía que no ibais a aparecer nunca! —nos saludó nuestra experta en informática.

—Deja de quejarte —le repliqué—. Al fin y al cabo teníamos una misión que cumplir.

Rabanito se acercó un poco hacia nosotros.

—¿Está Precioso ahí dentro? Qué raro, no le oigo silbar.

—¿Estáis seguros de que le entra bastante aire? —preguntó Estefi preocupada.

—¡Eh, tíos, eh!

—No temas. Se siente como un pez en el agua, por así decirlo —tranquilicé rápidamente a Fede antes de que su preocupación por Precioso nos delatara—. Bueno, y ahora callaos un momento que tengo que concentrarme. Después de todo, queremos subir a Precioso al tren sin que nadie lo note, ¿no?

Cerré los ojos y pensé en cómo me había despertado por la mañana e instantáneamente me había puesto en situación.

—Charly, ¿qué pasa? —me asustó el «Gran Siggi» de repente—. ¿Por qué vienes cargando dos bolsas de viaje? Nuestra excursión durará sólo una semana y no tres meses.

—Bueno... es que yo...

¿Por qué será que los profesores siempre consiguen dejarle a uno fuera de juego?

—¡Seguramente habrá llenado uno de los bolsos con pañales! —cacareó mi estúpida hermana.

—¿Pañales? ¿Y eso qué significa?

Decidí no contestar a eso, pero mi hermana no cesó.

—Venga, Charly, ¿por qué no se lo cuentas?

Enseguida me invadieron mil ideas a la vez. Pensé en Precioso y en que podría empezar a silbar de nuevo en cualquier momento, y tenía miedo de que el «Gran Siggi» me enviara a casa si le contaba mi historia antes de tiempo. Sin embargo, si yo no lo hacía, seguro que Nicole lo haría por mí. Así que era mejor que se lo contara yo mismo. ¿Pero cómo empezar?

—Señor Schlüter, Charly le quería preguntar algo —me echó un cable Estefi, como si me hubiera leído el pensamiento.

—Sí, así es —dije al hilo—. Es que no me encuentro bien y quería preguntarle si podría viajar solo en uno de los compartimientos. En cuarentena, por así decirlo.

—¡¿En qué?!

—En cuarentena. Significa separar a alguien de los demás para que no les contagie ninguna enfermedad infecciosa.

—Ya sé lo que significa —dijo el «Gran Siggi» con voz peligrosamente baja—. ¿Y qué enfermedad tan contagiosa es ésa?

—Una gripe intestinal.

—¡Eso es cierto! —dijo Nicole justo a tiempo, antes de que el «Gran Siggi» explotara—. Cuando le he encontrado esta mañana en el cuarto de baño aún llevaba la tapa del váter alrededor del cuello.

—¡Silencio! —gritó el «Gran Siggi» a todos los que estábamos allí—. ¡Dejad de reíros!

Luego se inclinó hacia mí.

—Charly, si de verdad tienes una gripe intestinal contagiosa, no puedo llevarte.

¡Ahí estaba! ¡Ya lo decía yo! Y todo por el estúpido comentario de Nicole.

Pero entonces fue precisamente ella quien me echó una mano.

—¡Sí, sí..., una gripe! Señor Schlüter, a éste lo que le pasa es que se habrá atiborrado de comer, como siempre.

Yo reaccioné inmediatamente.

—¡Sí, exactamente, así es!

—Ya, ya... Entonces, ¿por qué debo dejarte ir solo en un compartimiento?

¿Por qué tienen que ser los profesores siempre tan lógicos?

—Porque no es únicamente el hecho de encontrarse mal —exclamó de repente Estefi —, es que también suelta unas horribles flatulencias.

El «Gran Siggi» levantó las dos cejas y se la quedó mirando.

—Que suelta… ¿qué?

—Flatulencias, señor Schlüter. Y nosotros habíamos pensado que, como eso no es muy agradable para los demás, si él..., bueno..., usted ya me entiende.

La idea de Estefi era genial. A pesar de todo, en ese momento hubiera preferido que se me tragara la tierra.

—¡Qué tontería! —exclamó el «Gran Siggi»—. Para otras cosas tampoco sois tan quisquillosos. Así que venga, ¿quién quiere viajar con Charly en el compartimiento?

Instantáneamente se hizo un silencio sepulcral.

—¿Por qué no viaja con usted en su compartimiento? —dijo Estefi súbitamente.

Una cosa había que reconocerle a nuestra experta en informática: ¡valiente, lo es, y mucho!

—¿Cómo? ¿En mi compartimiento? No, eso no puede ser. Ya estamos…, eh…, ya no queda sitio.

El «Gran Siggi» se me quedó mirando con un extraño brillo en los ojos.

—Está bien, Charly. Búscate tu propio compartimiento. Pero te lo advierto: como hagas cualquier tontería, te aseguro que te acordarás de ésta.

—Le prometo que no haré nada, señor Schlüter —le aseguré a mi mosqueado tutor.

Agarré mis dos bolsas de viaje y salté al tren para buscarme un compartimiento vacío. Al pasar por al lado de Estefi, le guiñé un ojo para decirle que había hecho un buen trabajo. Ella me lo agradeció con una amplia sonrisa.

Por suerte no viajaban muchos pasajeros en el tren, por lo que no fue difícil encontrar un compartimiento vacío. Me dejé caer en uno de los asientos, coloqué la bolsa en la que iba Precioso debajo del asiento y abrí la cremallera. Nuestro perro sacó enseguida la cabeza e inspeccionó el lugar con mucha curiosidad.

¡Nuestro plan había funcionado! Y aunque no había salido todo exactamente como nosotros nos lo habíamos imaginado, lo que contaba, en definitiva, era el resultado. Una vez más quedó demostrado que no es tan difícil tener éxito. Lo único que hace falta en situaciones adversas es conservar la calma.

Claro que el viaje no transcurrió exactamente sin dificultades. Por suerte fui cauteloso y no dejé que Precioso saliera de su bolsa. Lo mantenía tranquilo a base de galletas para perros, que le habíamos traído para la ocasión, y agua, que le proporcioné del aseo. Ésa fue mi suerte.

Justo cuando me acababa de acomodar con unas patatas fritas y una Coca-Cola, se abrió de pronto la puerta y ante mí se plantó la señora Sulte-Stratmann.

—Vaya, parece que ya te encuentras mejor, ¿verdad, Charly? —dijo en tono escéptico.

—Yo…, eh…, la Coca-Cola es buena para las indigestiones —le contesté muy iluminado.

Nuestra profesora de Biología asintió y, ya se disponía a volver a salir, cuando de repente Precioso comenzó a silbar. En ese mismo instante me juré que en la primera ocasión que tuviera le encasquetaría a Precioso una dentadura postiza.

La señora Sulte-Stratmann frunció el ceño.

—¿Charly, qué ha sido ese ruido?

¿Y ahora qué? ¡Se me tenía que ocurrir algo! ¡Cualquier excusa valía! ¡Y entonces se me ocurrió! Me puse la mano sobre el vientre.

—Es por mi mal intestinal. Ya sabe..., ¡las flatulencias!

La señora Sulte-Stratmann abrió los ojos como platos.

—¡Charly! ¡Por favor!

—Pero si yo no tengo la culpa, señorita. ¡De verdad!

—Está bien, está bien. Bueno, entonces ya me voy —dijo apresurada, se dio media vuelta y cerró rápidamente la puerta tras de sí.

Satisfecho, me volví a recostar en el asiento, le di una galleta para perros a Precioso y pensé en lo bueno que resultaba a veces un malestar intestinal.

Después de eso me dejaron en paz, sin contar con alguna que otra visita de Fede, que seguía preocupado por Precioso. Pero en cuanto comprobaba que yo no estaba maltratando a su querido perro estirándole de las orejas, ni colgándole por la ventana, ni cometía ninguna otra fechoría con él, Fede se volvía a marchar enseguida.

¡Era todo lo contrario! Disfruté sinceramente de poder estar un rato a solas con Precioso. De forma que cuando llegamos a nuestro destino y tuve que volver a cerrar la cremallera de la bolsa de viaje, casi me dio pena.

En el andén de la estación me reuní enseguida con mis colaboradores, que ya me esperaban impacientes.

—¡Eh, tío, eh! ¿Precioso sigue bien? ¿Cómo lo ha pasado? Le habrás dado suficiente de comer, ¿no?

—Sí —dije tranquilizándole—. Se encuentra bien. Posiblemente nunca se haya encontrado mejor. Ni yo tampoco.

—Aun así, continúa un rato más con tu papel de enfermo —opinó Rabanito—. No vaya a ser que el «Gran Siggi» empiece a sospechar.

Las preocupaciones de Rabanito parecían estar infundadas. Nuestro tutor no volvió a mencionar ese asunto para nada. Ni siquiera se fijaba en mí, menos cuando pasé a su lado para subir al autobús que iba a

llevarnos a la fortaleza. Entonces, con el ceño fruncido, me miró primero a mí y luego a mis bolsas. Así viajamos, alegres y desenfadados, hasta nuestro alojamiento.

Era exactamente como lo había descrito el «Gran Siggi». La fortaleza, que parecía sacada de una película de caballeros medievales, quedaba suspendida muy por encima del Rin. A su alrededor, se disper-

saban los pequeños *bungalows* separados por grandes superficies de césped. Había incluso un campo de fútbol y una gran chimenea para hacer fuego.

Cuando nos bajamos del autobús y el «Gran Siggi» anunció que iba a formar los grupos para ocupar los *bungalows*, todos estábamos de un humor inmejorable. Pero eso no duraría mucho…

3
Una buena estrategia vale su peso en oro

—**A** ver, ¿quiénes queréis estar juntos en un *bungalow?* —preguntó el «Gran Siggi», mientras todos estábamos en fila, uno al lado del otro, delante del autobús.

Estefi, Rabanito, Fede y yo levantamos la mano rápidamente.

—No, no —dijo el «Gran Siggi»—. Las chicas y los chicos separados. Óscar, Federico y Charly, por mí podéis quedaros juntos si queréis.

Estefi hizo una mueca de enfado. Era una verdadera pena que separaran a Charly & Company de esa manera, pero qué se le iba a hacer. La cuestión es que me alegraba de que el «Gran Siggi» nos hubiera nombrado primero a nosotros. El viaje en autobús no había sido muy largo, pero yo ignoraba cuánto tiempo más aguantaría Precioso en silencio y tranquilo.

—¡Todavía faltan tres para el primer *bungalow!*

—exclamó el «Gran Siggi»—. ¿Quién quiere convivir con estos tres?

Miré a mi alrededor y pensé que me daba algo. Simón había levantado la mano. Los otros dos Bad Boys estaban a su lado con una sonrisa malévola en los labios.

—Señor Schlüter, a Javier, a Óliver y a mí nos gustaría convivir con Charly y los demás. ¡Nos llevamos estupendamente!

El «Gran Siggi» frunció el ceño.

—¿Ah sí? Pues hasta ahora lo habéis disimulado bastante bien. Pero en fin, siendo así, compartiréis el *bungalow* número uno.

¡Los Bad Boys! ¡Precisamente ellos! Eso no nos iba a facilitar nuestro trabajo de investigación. Ahora estaba seguro de que estaban tramando algo. Aunque pensándolo bien, tal vez no fuera tan malo que malviviéramos juntos. De ese modo los tendríamos siempre vigilados.

Nos disponíamos ya a marcharnos, cuando el «Gran Siggi» nos volvió a llamar.

—¡Alto! Aún falta la persona responsable de vosotros.

Yo mantuve la respiración, mientras Fede miraba de reojo a la señora Sulte-Stratmann.

—¡Ah, sí! —dijo nuestro traicionero tutor, encantado—. Si hemos traído a la hermana de Charly… En ese caso, que sea ella quien cuide de su hermano y los demás. ¿Podrás hacerlo, Nicole?

—Señor Schlüter, puede estar seguro de ello —dijo mi hermana, con voz tan quebrada que no me hubiera extrañado que le hubiera salido una verruga en la nariz.

Mientras los Bad Boys acogieron la decisión del «Gran Siggi» con indiferencia, pude ver en los ojos de mis colaboradores la expresión de animales maltratados.

En cuanto el «Gran Siggi» le hubo explicado dónde estaba el *bungalow* número uno, Nicole agarró su bolso de viaje y vino como una locomotora hacia nosotros.

—¡Chicos, vamos allá! Estoy segura de que esta semana no la vais a olvidar fácilmente.

De eso no me cabía la menor duda.

—¡Deshaced vuestro equipaje! Nos encontraremos en el comedor a las cinco —exclamó el «Gran Siggi» tras nosotros.

De camino hacia nuestro *bungalow* nos cruzamos con un señor mayor que llevaba una guadaña al hombro. No pude evitar pensar en las cosas que podrían hacerse con semejante herramienta.

El *bungalow* habría resultado muy bonito si no hubiera sido por mi hermana. Disponía de un cuarto de estar y dos dormitorios más grandes con tres camas en cada uno. El cuarto de baño lo teníamos que compartir entre los seis. Algo más apartado había otro dormitorio más pequeño y un baño adicional para la persona acompañante. Era evidente que Rabanito, Fede y yo compartiríamos uno de los dormitorios. Los Bad Boys ocuparon el otro.

Cerré la puerta. Justo cuando Fede se disponía a abrir la cremallera de la bolsa de viaje para dejar salir por fin a Precioso, Nicole se plantó en la habitación sin previo aviso. Los demás estiraban los cuellos por detrás de ella.

—Acabo de inspeccionar los armarios y he comprobado que nuestros antecesores no le han dado mucha importancia a la limpieza. No saquéis vuestras cosas todavía. ¡Vuelvo enseguida! —y con esas palabras se marchó.

Poco después la escuchamos trastear en uno de los otros cuartos.

—¿Y esto a qué viene? —quiso saber Simón.

—¡Eh, tíos, eh! —suspiró Fede—. Espero que aquí no haya...

Nuestro cuidador de perros no pudo terminar su frase. Mi hermana había vuelto a aparecer en la puerta. Esta vez, armada con una escoba, una fregona, trapos para limpiar y otros artilugios de tortura.

—Lo primero que vais a hacer es limpiar bien los armarios de vuestros dormitorios. Después podéis sacar vuestras cosas y colocarlas. A continuación se fregarán los suelos. Cuando hayáis terminado os ponéis de acuerdo sobre quién limpia el cuarto de baño y quién quita el polvo del cuarto de estar. ¡Venga, en marcha!, sólo tenemos de tiempo hasta las cinco. ¡Para entonces tiene que estar todo como los chorros del oro!

Les entregó los utensilios de limpieza a nuestros estupefactos competidores y se dirigió a nosotros.

—Ahí fuera, en el trastero, quedan todavía fregonas, trapos y escobas para vosotros —dijo—. Ha habido suerte, estas casas están bien equipadas.

Me pregunté si aquella gente ya sabría que iba a venir mi hermana.

Afortunadamente, Nicole no se excluyó de esta tortura y se retiró a su habitación a... «limpiar a fondo esa pocilga», como ella misma dijo.

De modo que al menos pudimos cerrar la puerta para liberar por fin a Precioso de su bolsa de viaje. Nos lo agradeció moviendo el rabo, saltando de un lado a otro y con fuertes silbidos. ¿Habría presentido que hasta entonces se debía mantener quieto? Quién sabe, tal vez entienda más de lo que nosotros nos imaginamos.

Cuando Fede vio a su amigo corretear, se olvidó enseguida de la decepción de no tener a la señora Sulte-Stratmann como monitora, sino a Nicole.

—¡Eh, tíos, eh! Mirad qué contento está.

—¿Y ahora qué pasará? —preguntó Rabanito con voz temerosa—. ¿Os imagináis lo que hará Nicole con nosotros si lo encuentra aquí?

Eso mejor ni me lo imaginaba.

—No te preocupes, no nos pillará. Sólo hemos de tener cuidado y planearlo todo bien.

—En uno de los armarios he visto una manta vieja. Podríamos preparar con ella un rinconcito cómodo debajo de mi cama —propuso Fede.

Pero decidimos esperar a terminar primero con la limpieza. Hasta entonces, lo volvimos a sentar dentro de la bolsa y él, como un buen perro, se dejó.

Cuando se trata de limpiar para mi hermana, Rabanito, Fede y yo somos un equipo muy compenetrado. Por ello terminamos enseguida. Después de colocar todas nuestras cosas y de que Precioso estuviera tumbado y satisfecho sobre su manta, debajo de la cama de Fede, con un cuenco de agua y un buen montón de pienso delante de él, fuimos a la habitación de al lado a ver qué tal les iba a nuestra competencia.

De buena gana me habría echado a reír a carcajadas cuando entramos en la habitación. Javier estaba encima de una silla y zarandeaba con un trapo por encima del armario, Óliver estaba con un cubo de agua frente a la ventana, mientras que Simón estaba tumbado debajo de la cama despotricando y luchando contra las pelusas de polvo.

Ante tal cuadro, no pude reprimirme uno de mis famosos comentarios sarcásticos:

—¡Vaya, si esto parece la casa de mi abuela después del zafarrancho de limpieza de primavera!

Simón salió a gatas de debajo de la cama. Su cara estaba roja como un tomate.

—¡Más te vale que te calles! ¡Todo esto se lo debemos únicamente a tu hermana! Mira que tú ya eres tonto, pero ella se lleva la palma.

—¡Eh, tío, eh! ¿No te gustaría decírselo a la cara? Si quieres voy a buscarla.

Javier saltó de su silla.

—¡Déjate de tonterías, tío! ¡Ésa es capaz de hacernos fregar el suelo a lametazos!

—Puedes apostar por ello —dijo Rabanito con una sonrisa picarona.

Había llegado el momento de poner en práctica la estrategia que había estado maquinando durante la sesión de limpieza.

—Quería haceros una propuesta —dije conscientemente con la boca pequeña.

De reojo advertí las caras de incomprensión de Rabanito y Fede.

—¿Ah sí?, ¿cuál? —quiso saber Javier.

Yo titubeé un poco para aumentar la expectación entre los Bad Boys.

—Ya habéis podido comprobar lo que significa que mi hermana sea la encargada aquí. Podemos decir… que estamos todos en el mismo barco. Por eso había pensado que podríamos hacer las paces. Al menos mientras estemos aquí. Una tregua, por así decirlo.

Simón miró al resto de los Bad Boys. Como de costumbre, no se inmutaron, sino que se limitaron a poner caras de bobo, así que tomó la decisión él solo.

—Está bien, de acuerdo —dijo con aire generoso—. No nos pondremos mutuamente la zancadilla, pero de todas formas os demostraremos que nosotros somos mejores detectives.

Yo asentí y le ofrecí mi mano. Él la tomó y cayó en la trampa.

—Eso ha sido una estrategia —les expliqué a mis sorprendidos colaboradores, cuando después de la visita a su habitación, nos dirigíamos puntualmente hacia el comedor.

—¿Qué es lo que ha sido una estrategia, Gran Maestro? —escuché una voz detrás de mí.

Era Estefi.

La puse rápidamente al corriente y ella reaccionó como yo había esperado:

—¿Por qué has hecho eso? ¿No decías que eran nuestros competidores?

No pude reprimir una sonrisa de superioridad.

—Exacto. Y precisamente por eso los he dejado fuera de combate. Ahora piensan que ya no somos un peligro para ellos. Se creen a salvo y nosotros podremos observarlos con toda tranquilidad y descubrir cómo quieren engañarnos.

Rabanito activó inmediatamente sus sistemas de alarma.

—No sé, no sé si funcionará.

—¡Mis planes funcionan siempre! O por lo menos casi siempre —me corregí a mí mismo al oír que Estefi carraspeaba bastante escandalosamente.

Durante el viaje en autobús, el «Gran Siggi» nos

había contado la historia de la fortaleza. Hasta hacía tan sólo un par de años, había estado en ruinas. Posteriormente fue restaurada y se acondicionó como albergue juvenil. En la planta baja de la fortaleza originaria había un comedor y una cocina. En los pisos superiores estaban las viviendas de los empleados y unas cuantas habitaciones para huéspedes.

El comedor no era muy grande, pero en un tiempo debió de ser la estancia de los caballeros. Las mesas llegaban de una punta a otra, tenían sencillos bancos de madera y de las paredes colgaban, muy arriba, tan alto que ninguno de nosotros llegaba a tocarlas, antiguas armas y piezas de armaduras.

Cuando llegamos al comedor ya había comenzado el típico trapicheo de quién se sienta al lado de quién. Y como llegamos un poco tarde y queríamos sentarnos juntos, no nos quedó más remedio que sentarnos enfrente de los profesores, gracias a lo cual cosechamos alguna que otra sonrisita burlona de nuestros compañeros. Aunque finalmente resultó ser una ventaja de valor incalculable.

Nicole también quería sentarse a la mesa de los

profesores, pero el «Gran Siggi» le dijo que se marchara.

—Vosotros mezclaos entre esa pandilla y mantenedlos a raya. Si fuera necesario, incluso podéis hacer silbar alguna que otra vez el látigo —dijo con el inimitable humor de profesor.

Nicole torció el morro. Aquello no le gustó nada; al fin y al cabo se sentía muy importante ejerciendo de profesora. Con expresión agria se marchó y buscó un sitio entre los demás. Tom la siguió. Era evidente que quería sentarse a su lado, pero allí ya no quedaba sitio.

Las emociones del viaje y la sesión de limpieza me habían dado hambre. Engullí mi comida como si no me hubieran dado de comer en tres días. Noté que el «Gran Siggi» me observaba. Tal vez estuviera dudando de mi malestar intestinal. ¡Qué más daba! Nuestro plan había funcionado. ¡Ahora ya, que pesara lo que quisiera!

De postre había natillas de chocolate en unos pequeños cuencos, uno para cada uno. El «Gran Siggi» había asignado a Simón, Javier y Óliver al servicio de cocina. Lo que significaba que ellos tenían que repartir los cuencos y posteriormente fregarlos. De modo que les había tocado pringar por segunda vez aquel día. Les estaba bien empleado, pero lo mejor era que probablemente nosotros nos libraríamos de hacer el servicio de cocina.

—¡Cada día le tocará a un *bungalow!* —había dicho el «Gran Siggi»—. ¡Siempre siguiendo el orden!

Así que pude disfrutar de mis natillas y observar cómo trabajaban los Bad Boys.

—Servir los postres en cuencos pequeños es una buena idea —le decía después el «Gran Siggi» a la señora Sulte-Stratmann, mientras «el guapo de Gerardo» flirteaba con la señora Rotkehl—. Durante una excursión del colegio hace un par de años, sirvieron el postre en grandes fuentes de las que cada uno había de servirse. ¿Puede usted imaginarse la que se lió?

La señora Sulte-Stratmann asintió y los dos se echaron a reír con esa risa típica de profesores. Después el «Gran Siggi» se recreó contando sus aventuras en una de esas excursiones escolares en la que debió de participar hacía cien años. Mis colaboradores y yo intercambiábamos miradas discretamente y torcíamos los ojos. En ese momento, el «Gran Siggi» estaba contando una historia sobre un alumno que sufría de trastornos de equilibrio tan graves que tuvieron que llevarle al médico. Y éste descubrió que el chico hacía años que no se había lavado los oídos.

Por suerte interrumpieron a mi tutor antes de que consiguiera quitarme el apetito. Los «padres del albergue», como ellos mismos se hacían llamar, se presentaron: el señor y la señora Waldburg. Eran ya mayores, rechonchos y parecían bastante amables y tranquilos.

—Además de nosotros también está el jardinero —dijo el señor Waldburg—. Se llama Willi. Él también vive aquí, en la fortaleza. Tal vez ya le hayáis visto.

Rebusqué entre mi memoria y me acordé del señor mayor con la guadaña. Ése debía de ser el jardinero Willi.

—Y finalmente tenéis que conocer a Miguel —siguió contando el señor Waldburg—. Aquí todos le llaman Miki. Es estudiante y nuestro chico para todo.

En un rincón del comedor se levantó un tipo desagradablemente bien parecido, como diría mi hermano. Era uno de esos tipos que en invierno van a esquiar y en verano practican el surf.

De soslayo miré a Nicole. En el mismo instante en que Miki se levantó, algo extraño ocurrió con la cara de Nicole. Fue como si se iluminara. Su boca estaba tan abierta que temí que empezara a babear de un momento a otro. Un caso claro: ¡amor a primera vista!

Debido a tan numerosos casos, mi instinto está bien entrenado. Por eso miré en el momento preciso hacia Tom. Él no apartaba sus ojos de Nicole. Estaba claro que se había dado cuenta enseguida de lo que le estaba pasando a ella. Entretanto la cara de

Nicole había adquirido la misma expresión que la de Fede cuando la señora Sulte-Stratmann se acercaba demasiado a él. Esperaba que de un momento a otro brotaran corazoncitos de sus ojos. La expresión de Tom también había cambiado. Sólo que de sus ojos no brotaban corazoncitos sino más bien chispas. No me hizo falta discurrir mucho para entender que se estaba tramando un drama de celos. Así que Tom estaba enamorado de Nicole, y Nicole, de Miki. ¡Interesante! Por otra parte, no hacía falta ser ningún adivino para saber que Tom no tenía la menor oportunidad contra Miki. Aunque lo mejor que le podía pasar era precisamente no tener nada que ver con mi hermana.

—Miki ha preparado unos cuantos juegos —informó el señor Waldburg—. Ojalá mañana tengamos buen tiempo; así podremos jugar afuera. ¡Pero si llueve, iremos a nuestro centro social!

—¡Eh, tíos, eh! —me murmuró nuestro cuidador de perros—. ¡Juegos! Acaso se cree que aún estamos en la guardería, ¿o qué? Y ese Miki tampoco me gusta. Parece como si fuera a participar en las próximas Olimpiadas.

Estefi se inclinó hacia nosotros.

—Mirad cómo le mira Nicole. Se ha enamorado de Miki, como Fede de la señora Sulte-Stratmann.

—¡Eh, tía, eh! —exclamó Fede demasiado alto.

—Fede, ¿decías algo? —quiso saber la señora Sulte-Stratmann.

Fede se puso colorado como un tomate.

—¡Eh, tía, eh! Quiero decir, no, señora Sulte-Stratmann.

—¿Tiene la fortaleza también un calabozo? —preguntó de repente alguien.

El señor Waldburg asintió riendo.

—¡Sí que lo tiene! Se encuentra en las bóvedas del sótano. Pero por favor no entréis en ellas. Aún no se han arreglado y hay muchas piedras sueltas por ahí, y el pavimento está lleno de agujeros. Es muy fácil lastimarse.

—Yo también quiero añadir algo más —exclamó el «Gran Siggi» ante el murmullo de decepción que se había formado.

Se puso en pie. Para mirarle tuvimos que alzar la vista. Me sentía como cuando íbamos a visitar monumentos y nos señalaban las torres de una catedral.

—Creo que ya os habéis habituado bastante bien a este lugar —comenzó a decir nuestro tutor con su atronadora voz (¡si él supiera!)—. ¡De modo que puedo anunciaros algo que estoy seguro de que os alegrará!

—Seguro que es una carrera de sacos encima de la muralla —me susurró Estefi.

—¡Dentro de una hora saldremos para asistir a una fiesta medieval que tendrá lugar esta noche en un pueblo vecino!

—¡Eh, tíos, eh, una fiesta medieval! —exclamó Fede en medio del júbilo general—. ¡Genial! Yo lo vi una vez en la tele.

Yo también lo había visto. Si no recordaba mal, en ella la gente participaba en verdaderos campeonatos medievales, con espadas de verdad, lanzas, caballos y todo lo demás. A veces hasta los profesores tienen buenas ideas, pensé.

—¿Y los profesores también se vienen? —preguntó alguien.

—Los profesores sí —contestó el «Gran Siggi»—. Pero no van a poder ir todos los alumnos.

En el comedor se desató una tumultuosa inquietud. El «Gran Siggi» levantó las manos y me miró. ¡Me miró a mí! ¿Por qué me miraba a mí?

—¡Silencio! ¡Callaos, maldita sea! ¡Escuchad al señor Schlüter! —gritó la señora Rotkehl.

Inmediatamente se hizo el silencio. Estefi, que

estaba sentada justo enfrente de la señora Rotkehl, se tapó los oídos. Lo dicho, la señora Rotkehl es nuestra profesora de Música: su voz es tan aguda y penetrante, que siempre que tenemos clase con ella tememos por los cristales del aula.

—Por desgracia, uno de nuestros alumnos tendrá que quedarse aquí debido a una indigestión —continuó el «Gran Siggi»—. Charly, lo siento, pero no puedo correr ningún riesgo. Deberías tumbarte y acabar de curarte ese mal de estómago.

Me subieron calores y escalofríos a la vez. ¡Qué canallada!

—Pero señor Schlüter, si ya estoy mucho mejor… —exclamé en medio de las sostenidas risas maliciosas de mis queridos compañeros.

El «Gran Siggi» se apoyó con ambas manos en la mesa y se inclinó hacia mí.

—De eso ya me he dado cuenta, querido Charly. Pero vamos a ser un poco prudentes, ¿verdad que sí? Al fin y al cabo, ya quisiste estar solo durante el viaje en tren; por lo tanto no te importará si también te quedas solo esta noche.

Mientras los demás se divertían abiertamente con esa embarazosa situación, al menos mis colaboradores intentaron no reírse. Yo se lo agradecí mucho.

—¡Eh, tío, eh! —exclamó Fede de repente—. ¿Me puedo quedar yo también?

¿Y a éste qué le había entrado? Pero en el mismo instante lo supe. Quería quedarse con Precioso.

El «Gran Siggi» frunció la frente.

—¿Por qué te quieres quedar aquí? ¿Acaso tú también estás enfermo, Fede?

—Sí, quiero decir, no, eh...

—No, no, Fede. Es muy amable por tu parte que te quieras quedar con tu amigo, pero si no estás enfermo, tendrás que venir.

Justo cuando pensé que ya había pasado lo peor, el «Gran Siggi» se inclinó un poquito más hacia mí.

—Pero para que no te sientas tan solo, le he pedido a Miki que te eche un vistazo.

Nadie es más cruel que un profesor y nadie es capaz de reírse tan estúpidamente como los compañeros de clase. Y por si fuera poco, Miki me saludó amablemente con la mano.

Para colmo final, la señora Rotkehl se levantó y todos tuvimos que cantar *La canción de la alegría*. ¡Menuda alegría tenía yo!

4
Piensa mal y acertarás

—¡**Eh**, tío, eh! —me increpó Fede cuando regresábamos del comedor al *bungalow*—. Ya te dije que me dejaras a mí ocuparme de este asunto. ¡Ahora podrías haberte ido tú y yo me podía haber quedado con él!

—¿Por qué no gritas un poco más alto? —le cortó Estefi con su habitual genio—. Así al menos te podrán entender todos.

Sobresaltado, Fede se puso la mano sobre su boca, pero ya era demasiado tarde. Los Bad Boys se habían dado cuenta de que algo se estaba cociendo.

—¿Qué pasa con vosotros? —exclamó Simón desde atrás—. ¿Por qué se quiere quedar Fede a toda costa aquí? ¿Acaso tenéis algo que ocultar?

—¿Ocultar? No sé cómo se os ha podido ocurrir tal cosa —aclaró Rabanito con demasiada precipitación.

A veces su miedo es un verdadero fastidio.

—Porque lleváis comportándoos todo el tiempo de una forma muy rara. Estáis continuamente cuchicheando como si estuvierais tramando algo, probablemente contra nosotros.

Yo tenía la respuesta adecuada antes de que Rabanito volviera a ponerse nervioso.

—Al parecer habéis olvidado que nosotros somos una agencia de detectives. Y siempre hay cosas que comentar. En realidad, vosotros deberíais saberlo.

—¿Es que ya tenéis un caso? —preguntó Javier.

—Eso nunca se sabe —le respondí—. Para eso, uno siempre ha de estar preparado, pero vosotros ya lo aprenderéis.

Simón se plantó delante de mí.

—¡Oye! ¡Te estás pasando de listo!

—Sois vosotros los que habéis empezado con esto.

Óliver hizo una mueca.

—En cualquier caso, nosotros estaremos preparados. ¡Venga lo que venga!

—Sí, eso es un buen plan —dijo Estefi—. Pero nosotros tenemos cosas mejores que hacer.

Hicimos como si pasáramos de ellos. Seguro que no tenían ni idea de lo que estábamos hablando.

¿O acaso sí? En mi interior se estaban posando las primeras oscuras premoniciones. Posiblemente aún no habíamos desactivado del todo a nuestros competidores a pesar de mi audaz estrategia, pensé durante unos instantes.

—Vamos a celebrar una reunión —anuncié decidido.

—¡Eh, tío, eh! —resopló Fede—. ¿Y eso por qué?

—Es por nuestros competidores. Tal vez no sean tan tontos como pensamos.

—Está bien —opinó Rabanito—. Pues suéltalo ya. De todas formas no nos vas a dejar en paz hasta que nos digas lo que sea.

Yo miré sigilosamente a mi alrededor.

—Aquí no. ¿Quién sabe quién puede estar escuchando? Vámonos al *bungalow*. Allí podremos hablar tranquilamente. Pero caminemos despacio, para estar seguros de que los Bad Boys están en su habitación.

No habíamos hecho más que cerrar la puerta de entrada tras nosotros, cuando apareció el fantasma de la fortaleza: mi hermana Nicole. Su cara me recordaba a la de un perro policía.

—¿Qué está haciendo ella aquí? —empezó a regañarme sin quitarle la vista a Estefi.

—Sólo quería comprobar que los chicos han limpiado bien su habitación —le contestó Estefi a mi hermana con una sonrisa maliciosa.

—¡Pues ni hablar! —le replicó ésta de forma teatral—. Aquí no entran chicas. Aquí soy yo la responsable y está estrictamente prohibido que las chicas vayan a los *bungalows* de los chicos.

—¡Pero si es mi hermana! —exclamó Rabanito—. ¡Y en casa también estamos siempre juntos!

Fue entonces cuando me di cuenta de por qué Rabanito había estado tan callado desde que nos habíamos mudado a nuestro *bungalow*. ¡Echaba de menos a Estefi! Al fin y al cabo, como mellizos, llevaban juntos desde que eran bebés. Sólo de pensar en que yo también hubiera tenido que pasar tanto tiempo con mi hermana, me recorría un gélido escalofrío. Pero con Estefi era diferente. A ella sí me gustaría tenerla por hermana.

Estefi consultó su reloj.

—Es igual. De todos modos tenemos que salir dentro de nada. Ya lo comentaremos mañana.

Yo asentí algo nervioso. Estaba claro que no era mi noche. Poco antes de salir, Estefi se volvió.

—Por cierto, Charly, se me olvidaba: ¡que te diviertas esta noche con Miki! Con tu cara, quizá podáis jugar a «pierde el que se ríe», ¿no?

Antes de que pudiera contestarle algo, Estefi había desaparecido. ¡Por suerte para ella!

A nuestro cuidador de perros le costó muchísimo separarse de su amigo de cuatro patas. Rabanito tuvo casi que arrancarle de Precioso.

—¡Si no vienes ahora mismo, me iré yo solo! No tengo ganas de perder el autobús.

—¡Eh, tío, eh! ¡Si hasta ahora casi no ha podido estar conmigo! Tendré al menos que despedirme de él, ¿no?

Pero Rabanito se mantuvo firme, agarró a Fede y le arrastró de la habitación.

—¡Cuando regresemos de la fiesta medieval volveré a jugar contigo! —exclamó Fede, y después desaparecieron los dos de la habitación.

¡Fiesta medieval! ¡Bah! ¡Cosas de críos! Seguramente sólo habría un par de lelos disfrazados con ridículos trajes, montados sobre caballos jubilados y pinchándose con espadas de plástico. Justo lo que necesitaban los cabezas huecas de los Bad Boys. En el *bungalow* se estaba mucho mejor. Tal vez, incluso tenía suerte y Miki no aparecía. Me lo iba a montar en plan cómodo. Luego leería un poco de un libro de detectives que me había traído. Seguramente me iría pronto a dormir para estar al día siguiente descansado y en forma. ¡Que se fuesen los demás para acabar cansados y con los ojos rojos! Casi me alegraba de que no me dejaran ir a esa estúpida fiesta medieval.

Me acababa de poner el pijama y de coger el libro de detectives, cuando Precioso me avisó. Estaba delante de la puerta con el rabo encogido y gimoteando en voz baja. ¡Necesitaba salir urgentemente! Lo más rápido que pude me volví a vestir. Esperaba que me diera tiempo a llegar con él afuera. Tenía muy mala experiencia en lo que se refería a las necesidades de Precioso… Por otra parte, si aquella vez Precioso no se hubiera meado en el ordenador de Estefi, no habríamos salido en el periódico. Aun así, era inimaginable lo que podría suceder si ahora se hiciera pis sobre la alfombra y Nicole lo notaba.

En cuanto vio que me estaba vistiendo, se calló. Es realmente un perro muy inteligente, aunque lo disimula bastante bien. Me preguntaba cómo íbamos a arreglarnos en los próximos días, cuando los demás, y sobre todo Nicole, estuvieran continuamente a nuestro alrededor.

Pero por el momento lo importante era no encontrarme con Miki. Esperé unos instantes, luego abrí la puerta. Él estaba justo delante de mí. Creo que incluso grité. Mi consuelo fue que Miki se asustó por lo menos tanto como yo, porque se puso la mano sobre el pecho.

—Dios mío, ¿pero esto qué es? —preguntó.

—Yo sólo quería salir un momento con mi perro —contesté con sinceridad.

Con el brazo extendido señalé hacia Precioso, que tenía toda la pinta de no poder aguantar mucho más. Sus silbidos sonaban muy necesitados.

—¿Eso es tu perro?

—Bueno, mío solo no. También es de mis col..., de mis amigos.

—¿Y vuestros profesores os permiten traer a vuestro perro? Además, ¿qué es ese ruido?

—Está silbando. Es que le falta un diente. Su respiración siempre suena así cuando está nervioso.

—¿Y por qué está nervioso?

—Tiene que hacer pis y, si no salgo pronto con él, se lo va a hacer en la alfombra.

Miki se puso pálido.

—En ese caso, ¡rápidamente afuera con él!

No dejé que me lo repitiera dos veces. Cogí a Precioso en brazos como siempre solía hacer Fede y eché a correr. En cuanto estuvimos fuera y le puse en el suelo, se dirigió hacia el árbol más próximo. Agradecido, miró hacia mí, mientras regaba el jardín de la fortaleza.

—Qué pequeñajo más extraño —le oí decir a

Miki, que estaba a mi lado frente a la puerta de entrada—. Jamás había visto a un perro que silbase cuando quiere hacer pis.

—Éste silba siempre —le contesté mientras observaba a Precioso corretear satisfecho por el césped—. Pero no importa. Vive en el huerto de mi tía. Allí puede salir siempre que quiera.

—Me resulta gracioso. Pero ahora dime: le habéis traído a escondidas, ¿verdad?

Yo me quedé mirando a Miki. Curiosamente sentía de repente que podía confiar en él. Probablemente fuera porque se quedó completamente tranquilo. Mi hermana en su lugar ya se habría desencajado tres veces.

—Sí. No teníamos a nadie que cuidara de él

mientras estábamos aquí. Por eso nos lo trajimos. Lo escondí en un bolso de viaje.

De repente Miki se echó a reír.

—¡Ahora entiendo! Tu tutor me contó esta tarde que tú estabas enfermo y que por eso habías viajado solo en un compartimiento. Fue por él, ¿a que sí?

Yo asentí.

—Por cierto, ¿cómo se llama?

—Precioso.

Nuevamente conseguí hacer reír al ídolo de Nicole.

—¿Nos delatarás? —pregunté con la boca pequeña.

—¿A tus profesores? No, yo no hago esas cosas. Al fin y al cabo yo también fui alumno. Y de eso todavía no hace tanto…

Una vez más, mi presentimiento no me había fallado. Miki era un tipo enrollado.

—Y eso que los profesores no serían lo peor —admití—. Si mi hermana se entera de esto, se me acabó la diversión.

—¿Tú hermana? ¿Ella también está aquí?

—Sí, como acompañante. ¡Y precisamente en nuestro *bungalow!*

Miki se rascó la barbilla cubierta de una espesa barba de un día. Sonaba realmente bien. Ojalá yo también tenga algún día una barba tan guay.

—¿Es la chica que hoy también estaba en el comedor y que me miraba de forma tan extraña?

Ahora el que tuvo que reírse fui yo.

—¿De forma extraña? ¡Está completamente colada por ti!

—¿Ah sí? ¿Y tú cómo lo sabes?

—Hombre, eso saltaba a la vista. Llevo ya mucho tiempo observando a mi hermana…, con fines científicos.

Miki me dio una palmadita en el hombro y se rió.

—Chico, eres muy majo, pero lo del perro no creo que salga bien.

—¿Por qué? ¿Al final sí nos vas a delatar?

—No, eso no. Pero no sé cómo queréis mantenerlo escondido todo el tiempo.

Me enfundé bajo mi mirada más experta. Eso sabía hacerlo bien.

—Tú déjamelo a mí, Miki. En estas cosas soy un experto. Es que tengo una agencia de detectives, ¿sabes?

—¿Una qué?

—¡Una agencia de detectives! Resolvemos casos y eso. Con nuestro último caso hasta salimos en el periódico.

Eso había hecho efecto. Se quedó tan sorprendido que no consiguió cerrar la boca.

—Eh, bueno, en ese caso, ya no hay por qué preocuparse —dijo algo atónito—. Ahora tengo que irme. No te quedes mucho tiempo fuera.

Yo hice un gesto con la mano para tranquilizarle.

—Está bien, Miki. Sólo quiero dejarle corretear un poco más. Hoy casi no ha podido moverse.

Cuando Miki ya estaba de camino de vuelta a la fortaleza, se giró una vez más y saludó con la mano. Yo le devolví el saludo y me sentí genial. Una conversación entre hombres como Dios manda. La próxima vez no se me podía pasar advertirle respecto a Nicole. Después de todo, no podía permitir que un tío tan enrollado cayera en sus garras.

Relajado, me apoyé contra la puerta de entrada de nuestro *bungalow*, mientras Precioso seguía correteando como un loco entre los antiguos árboles. Había salido la luna, y por encima de mí brillaba un cielo completamente despejado y estrellado. Me imaginaba dentro de unos años, ante la ventana de mi apartamento de Nueva York, mirando el bullicio de la ciudad. Me serviría un whisky, me sentaría frente a la chimenea, leería el artículo de mi último caso espectacular y, mientras tanto, me rascaría mi barba de varios días.

Un sonido prácticamente inaudible me sacó de mis sueños. Tener un oído tan fino como el mío puede ser muy útil para un detective. Clavé mi mirada a través de la estrellada noche, pero no pude descubrir nada. ¿Me habría equivocado? Al fin y al cabo eso le podía ocurrir hasta al detective más experimentado.

¡No! Ahí estaba de nuevo. Claramente había oído un crujido entre los matorrales cerca de la muralla de la fortaleza.

Susurrando, llamé a Precioso. Quizás él podría olfatear una pista, pero como era habitual, no me hizo caso. El estúpido chucho estaba retozando en la hierba y no podía llamarlo más alto. Quién sabe qué o a quién estaba acechando tras esos arbustos. Así que fui hacia él y me arrodillé a su lado. Enseguida se puso a lamerme.

—¡Deja de chupetearme! —le increpé en voz baja—. En vez de eso, busca una pista. ¡Busca, Precioso! ¡Busca!

Nuestro perro se me quedó mirando, silbó una vez a través de su mellada dentadura y empezó a mover el rabo.

Yo señalé en la dirección de los arbustos y lo volví a intentar.

—¡Busca, Precioso!

Y él, efectivamente, se volvió. ¿Acaso iban a empezar a dar sus frutos todas las duras horas de entrenamiento que yo le había dedicado? Pero sólo volvió a mover el rabo y, para más inri, me golpeaba con él en la cara.

Furioso, me levanté de un salto.

—Precioso, ¡mira que eres tonto!

Lo cogí en brazos. En ese caso tendría que buscar la pista yo mismo. Quién sabe, a lo mejor me avisaría si se me acercaba un sospechoso, como dicen los expertos en perros.

Sigilosamente y con mi fiel amigo en los brazos, me acerqué a la muralla. No se movía ni la más mínima brisa. El profundo silencio sólo se rompía de vez en cuando con uno de los silbidos de Precioso. Al principio me enfadé con él, pero después me di cuenta de que sus silbidos cambiaban. Cuanto más nos aproximábamos a la muralla, más excitados y fuertes eran. Quizás era capaz de captar una pista a través de una especie de sonda acústica. Sólo había que llevarle en brazos y la forma en la que silbaba nos indicaba lo cerca que estábamos de la pista. La verdad es que Precioso es un perro muy especial.

Cuando llegamos a los matorrales, Precioso ya

se había calmado un poco. ¿Habría sido finalmente una falsa alarma?

Por si acaso, registré sistemáticamente los arbustos y, aunque era consciente de la peligrosidad de la situación, mantuve la tranquilidad. Nada puede perjudicar más a una buena labor de detectives que un detective nervioso. Sin despistarme peiné las malezas, pero no había nada que descubrir.

De repente volvió a aumentar de tono el silbido de Precioso. Yo me estremecí y sin querer dejé caer a Precioso. En esa ocasión parece que mis nervios me traicionaron un poco.

Precioso estaba tirado en el suelo y me miraba con cara de ofendido. Pero seguía silbando. Yo le recogí, me puse de cuclillas y observé la zona. Las estrellas y la luna dotaban a la muralla de una leve iluminación. Suficiente para mis sensibles ojos. Pude ver claramente una figura deslizándose a hurtadillas a lo largo de la muralla. Mi corazón se paralizó. Necesité únicamente unos instantes para volver a controlarme. Pero eso había sido suficiente para que el intruso nocturno buscara cobijo en la oscuridad.

Me abrí paso hasta la muralla. Sin embargo, aunque todo parecía tranquilo, se podía palpar el peligro. Incluso los silbidos de Precioso habían alcanzado un volumen temerario. ¿Significaba eso que la siniestra figura aún estaba cerca? ¿O era el silencio el que hacía parecer los silbidos de Precioso cada vez más fuertes? Sea lo que fuere, era suficientemente alto como para advertir al intruso que yo le estaba pisando los talones.

Pensé si seguir registrando la muralla de la fortaleza. Estaba seguro de que no se me iba a escapar. Por otra parte, podría estar escondido en cualquier lugar de la oscuridad esperando a saltar sobre mí. Claro que yo no hubiera rehuido una pelea, ¿pero cómo reaccionaría Precioso? ¿Tenía derecho a hacerle eso a mi pequeño y tembloroso amigo?

Decidí volver al *bungalow* para no seguir exponiéndole al peligro. Al fin y al cabo, tenía una responsabilidad sobre él. Pero en cualquier caso y siempre que fuera posible, mantendría los ojos bien abiertos en las próximas noches. Si entonces volviera a aparecer el intruso, tendría que llamar a los refuerzos.

Cuando volví a entrar en nuestra habitación, todo me pareció diferente. En tan sólo una hora había ganado un nuevo amigo y había hecho un descubrimiento contra el que una fiesta medieval era una insignificancia.

Acomodé a Precioso debajo de la cama de Fede y le aprovisioné con algunas exquisiteces. Después de tanta excitación se lo había ganado. Por último, me puse el pijama y me eché sobre la cama con mi libro de detectives. Poco después se oía desde debajo de la cama de Fede un leve ronquido. Aunque yo también estaba cansado, seguía demasiado excitado para dormir.

Cuando los demás entraron con gran estruendo en el *bungalow*, yo aún seguía despierto en mi cama.

—¡Hola, Charly! ¡Ha estado genial! —dijo Rabanito radiante cuando entró a la habitación.

Fede se arrodilló enseguida ante su cama para comprobar que no le hubiera pasado nada a su tesoro.

—Está durmiendo —le oí murmurar desde debajo de su cama—. ¿Seguro que está bien?

—Nooo —le contesté—, lo he metido en la lavadora y después lo he colgado de la cuerda para que se seque.

—¡Eh, tío, eh! ¿Aún sigues enfadado porque el «Gran Siggi» no te ha dejado venir?

Yo me crucé de brazos dándome importancia.

—Nunca he estado enfadado por eso, ya que hay que saber sacrificarse por una gran causa. Además, puedo asegurar que lo de aquí ha sido más interesante que vuestra payasada de fiesta medieval.

—Es que Precioso te ha mostrado algún truquito, ¿o qué? —exclamó Rabanito.

—¡Qué va! Primero tuve una conversación con Miki.

—¿Con Miki? ¿Una conversación? ¿De qué has estado hablando con ése?

—Pues de esto y lo otro. Ha estado bien. También le conté que Nicole está enamorada de él.

—¡Eh, tío, eh! ¿En serio? ¿Y él qué ha dicho?

—La verdad es que no mucho. Pero creo que se sorprendió.

—Ya me lo imagino —sonrió Fede.

—Espero que Nicole no se entere de esto, porque se pondría como una furia contigo y aún nos haría limpiar más —susurró Rabanito echando una angustiada mirada hacia la puerta.

—No te lo vayas a hacer encima por eso. Ya verás como él no dice nada —le tranquilicé—. Además, aún no os he contado lo mejor.

Fede y Rabanito estaban expectantes.

—He visto una sombra sospechosa husmear por la muralla de la fortaleza.

—¿De verdad? ¿Has podido ver quién era? —exclamó Rabanito.

—Desgraciadamente no. Precioso y yo le estuvimos siguiendo pero se nos escapó por los pelos.

Fede y Rabanito se miraron con una mirada que sólo puedo calificar de burla.

—¿Qué pasa? —exclamé—. ¿Es que no me creéis?

—Bueno —dijo Rabanito con tono dudoso—. Es un poco extraño que precisamente veas una figura sospechosa cuando no estemos ninguno de nosotros.

No me lo podía creer.

—¡Pues es normal que los oscuros elementos

sólo aparezcan por aquí cuando piensen que no hay nadie!

—¡Eh, tío, eh! ¡Oscuros elementos! Te estás comportando como si se te hubiera aparecido el Conde Drácula en persona.

¡Eso fue suficiente! Me di media vuelta y me subí la manta por encima de la cabeza para no tener que escuchar las absurdas risas de mis desagradecidos colaboradores. ¡Que se rían, que se rían! Ya les demostraría yo que verdaderamente existía aquella oscura figura. ¡Y entonces sería yo el que se reiría de ellos!

5
Jamás te fíes de la competencia

A la mañana siguiente, cuando íbamos de camino a desayunar, Rabanito le contó a su hermana:

—Anoche Charly vio una oscura figura en la muralla de la fortaleza —le guiñó un ojo disimuladamente, pero yo lo vi.

—Pues el fantasma de la fortaleza no ha podido ser —contestó Estefi—, porque Nicole estaba con nosotros en la fiesta medieval.

Había llegado el momento de intervenir.

—Pero bueno, ¿es que nunca me vais a tomar en serio? —dije decepcionado—. Siempre tengo que ser yo el que haga todo el trabajo y encima tengo que aguantar que me toméis el pelo.

—Si sólo era una broma —contrapuso Rabanito—. A lo mejor has creído realmente haber visto a alguien.

—¿A lo mejor? ¡Esa figura estaba ahí! ¡Si

Precioso y yo incluso la estuvimos persiguiendo!

—¿Has estado persiguiendo a Precioso? —escuché decir a Simón detrás de mí—. ¿Ése no es vuestro chucho? ¿Acaso lo habéis traído aquí?

Me entraron sudores fríos y calientes alternativamente. A una velocidad de vértigo busqué una respuesta adecuada para acallar las charlatanerías de Simón. Pero Fede se me adelantó.

—¡Eh, tío, eh! ¡Precioso no es ningún chucho! ¡Como vuelvas a decir eso te vas a enterar!

Se colocó ante Simón como si fuera a saltar sobre él de un momento a otro. Nuestra salvación se llamaba precisamente Nicole.

—¡De pelearos aquí nada, hasta ahí podríamos llegar! —gritó—. ¡Mientras yo tenga aquí la responsabilidad sobre vosotros, os llevaréis bien! ¿Está claro?

Cuando Nicole pregunta si algo está claro, suele estarlo. Javier, Óliver y Simón lo aprendieron rápidamente. Con la cabeza agachada se retiraron. Nosotros los seguimos a una distancia prudente. Por suerte el «Gran Siggi» estaba hablando con el viejo jardinero y no se había percatado de nada. Me preguntaba de qué podrían estar hablando un profesor y un jardinero.

—¡Uff! —resopló Rabanito—. Eso ha estado cerca. Menos mal que no hemos tenido que mentir, seguro que habríamos metido la pata.

—Yo ya tenía preparada la respuesta adecuada —le tranquilicé.

Durante el desayuno volvíamos a estar sentados frente a los profesores. El «Gran Siggi» le estaba contando a la señora Sulte-Stratmann sus últimas vacaciones con sus hijos en la montaña. Si realmente había sido como lo estaba contando, compadecía a sus hijos. Durante esas vacaciones probablemente habían tenido que escalar más montañas que una cabra montés en un año. La señora Sulte-Stratmann también contó sus vacaciones. Había estado acondicionando con su novio la vieja cabaña de caza de su padre, una cabaña que nosotros conocíamos bien. Mientras lo estaba contando miré a Fede. Estaba fingiendo no escuchar, pero noté que se estaba enterando de todo cuando se metió en la boca un panecillo casi de una pieza. No hay nada mejor que un generoso don de observación.

De repente, fui consciente de que ese comedor era el escenario de ensayo ideal para un detective. Miré a mi alrededor. Los tipos de mi clase no daban mucho de sí. Los Bad Boys cuchicheaban continuamente y de vez en cuando miraban hacia nosotros. Aunque eso me inquietó más bien poco.

Más interesante resultaba en cambio el trío: Nicole, Tom y Miki. Tom no hacía más que echarle miradas lánguidas a mi hermana. Si ella no se fijaba pronto en él, no tardaría en empezar a escribir notitas de amor y a pasarlas por debajo de la mesa. En cambio, Nicole no tenía más que ojos para Miki, tanto, que ni siquiera había conseguido comerse medio panecillo, y eso que estaban realmente buenos. El único que mantenía el tipo era Miki. ¡Un tío estupendo! No se fijaba ni en Nicole ni en Tom, sino que bromeaba continuamente con la gente de su mesa. A mí también me habría gustado estar sentado allí.

En nuestra mesa, «el guapo de Gerardo» continuó en el punto en el que lo había dejado la noche anterior, es decir, flirteando con la señora Rotkehl.

—Hoy lleva usted un jersey muy bonito, compañera... ¿Usted también ha dormido tan bien como yo? ¡Es que no hay nada como la tranquilidad del campo!... Esta mermelada de fresa es sublime, ¿verdad?

Etc., etc., etc. La señora Rotkehl lo soportó con amabilidad. Pero a mis expertos sentidos no se les escaparon las miradas significativas que intercambiaba de vez en cuando con la señora Sulte-Stratmann.

Entonces, ocurrió algo completamente inesperado. Justo cuando «el guapo de Gerardo» se disponía a untarse un panecillo con la sublime mermelada de fresa, dejó caer el panecillo y el tarro de mermelada con gran estruendo encima de la mesa.

Inmediatamente se hizo el silencio y todos le miraron. Nuestro profesor de *Mates* hizo un ruido muy poco apetitoso, por decirlo de alguna manera. Su cara se puso primero pálida y después verde. Tenía una pinta bastante graciosa, porque sus labios empezaron a ponerse azules y temblaban. De un brinco se levan-

tó tirando su silla con gran estruendo. Con una mano sobre su estómago y la otra delante de la boca, salió corriendo del comedor.

Todo había ocurrido tan rápido que no pudimos hacer otra cosa que quedarnos petrificados.

El «Gran Siggi» fue el primero en reaccionar. Levantó la silla de su colega y salió tras él sin decir ni una palabra.

Caminó especialmente despacio, como para demostrarnos que no ocurría nada.

Como si de una señal se tratara, se produjo de pronto un pequeño alboroto en el comedor. Todos charlaban y gritaban a la vez. ¡Eso sí que era un cambio, para variar!

—¡Eh, tío, eh! Ése sí que estaba hecho polvo —opinó nuestro cuidador de perros muy acertadamente, con lo que se ganó una severa mirada de la señora Rotkehl.

Estefi se estremeció.

—Pues a mí se me ha pasado el hambre.

Yo sólo seguía sentado intentando concentrarme. Se me había ocurrido un pensamiento que me inquietaba.

La señora Rotkehl se levantó y Estefi se tapó los oídos por si acaso.

—¡Esto no es razón para tanto alboroto! —gritó la señora Rotkehl—. Ahora os vais a ir todos a vuestros *bungalows* y esperaréis allí. Dentro de una hora nos reuniremos todos en el centro social. Allí os diremos lo que vamos a hacer hoy. ¡Y ahora todo el mundo fuera!

Lo del «guapo de Gerardo» tuvo su lado bueno; aquella mañana al menos no tuvimos que cantar.

—Esta historia es muy extraña —les dije a mis colaboradores cuando los Bad Boy estaban fuera de nuestra zona auditiva.

—¡Eh, tíos, eh! Ahora «el guapo de Gerardo» tiene lo que tenía que haber tenido Charly durante el viaje en tren.

—¡Exacto! —exclamé yo—. ¿Creéis que es una casualidad?

—¿Qué si no? —preguntó Estefi.

—Tal vez mi fingida enfermedad le haya servido de idea a alguien. Podría haber envenenado primero al «guapo de Gerardo» y luego decir que yo se lo había contagiado para desviar las sospechas sobre mí. ¡No sería la primera vez que nos ocurre!

—¡No! —exclamó Estefi poniendo los ojos en blanco—. ¡Ni se te ocurra! ¡Primero un fantasma y ahora un asesino envenenador!

—En primer lugar, nunca dije que lo de anoche fuera un fantasma, y en segundo lugar, no tiene por qué ser un asesino. A lo mejor, sólo quiso darle un susto.

—¡Eh, tío, eh! Probablemente sólo haya cogido un empacho de mermelada. Si no paraba de comer…

Me di por vencido. Qué se puede hacer si se tiene colaboradores que no pueden creer en lo improbable. Y eso que todo delito al principio parece improbable, ¿o no?

Cuando cruzamos el césped hacia nuestro *bungalow*, habían desaparecido ya todos los demás. Únicamente el viejo jardinero trapicheaba con su tijera entre los rosales delante del centro social. Estefi se vi-

no con nosotros. Tampoco sería tan malo que estuviera media hora con nosotros en el *bungalow*. A lo mejor Nicole estaba en su habitación y no se enteraba.

Nuestro *bungalow* derrochaba paz y tranquilidad, como solía decirse. Pero eso cambió muy pronto. Cuando abrimos la puerta nos esperaba una muy desagradable sorpresa.

—¡Eh, tía, eh! ¿A qué viene esto?

—¿Que a qué viene esto? —le gritó Nicole.

Llevaba a Precioso en brazos. El pobre nos miraba pidiendo auxilio y silbaba asustado. Los Bad Boys estaban alrededor de mi hermana y sonreían desafiantes.

—¡Habéis sido vosotros! —exclamé, sin detenerme en Nicole.

—¿Y qué? —contestó Simón.

Sólo por eso ya le habría retado en duelo. Pero mi hermana aún no había acabado con nosotros.

—¿Es éste vuestro perro? ¿Sólo voy a preguntarlo una vez?

—Sí, éste es Precioso —dijo Rabanito con la boca pequeña—. ¿Dónde lo has encontrado?

—¿Dónde va a ser? En vuestra habitación.

Aunque ahora me dé palo, reconozco que en aquella ocasión perdí los estribos.

—¿Qué se te ha perdido a ti en nuestra habitación? —le grité tanto, que me tembló la voz.

—Hasta ahí podíamos llegar: que yo tuviera que darte a ti explicaciones cuando entre en vuestra habitación. Al fin y al cabo soy la responsable.

—Sí, sí —dijo Estefi alterada—. Eso ya lo sabemos. Ya lo has repetido bastantes veces. Aun así, a mí también me gustaría saber cómo sabías que el perro estaba en la habitación de los chicos.

—Se lo dijimos nosotros —confesó Óliver por fin—. Ya hacía tiempo que sospechábamos de vosotros, así que entramos a mirar y encontramos a ese chucho tan feo.

Para Fede, eso fue demasiado. Sin previo aviso se lanzó sobre él y le zarandeó como si fuera una botella de zumo antes de abrirla. Pero, por desgracia, Óliver era mucho más fuerte que Fede y se lo sacudió de encima enviándolo al otro lado del recibidor, contra la pared.

Sin embargo Óliver no había contado con el fiel amigo de Fede. Precioso se convirtió instantáneamente, de un ente tembloroso y silbante, en un furioso vengador. Empezó a ladrar como un poseso, gruñía y mostraba sus dientes, todos los que le quedaban, claro. Nicole gritó asustada y dejó caer a nuestro pobre perro. Éste soltó un leve quejido para después saltar sobre Óliver.

Fede reaccionó más veloz de lo que nunca hubiera imaginado en él. De un movimiento agarró a Precioso y lo cogió en brazos. Por suerte para Óliver, porque de no ser así, seguro que Precioso le hubiera mordido. Y no es que yo lo hubiera sentido por nuestro competidor, pero Precioso posiblemente habría podido perder un par de dientes más.

—¡Ya es suficiente! —gritó mi hermana histérica—. Voy a buscar a vuestro tutor. Que decida él lo que hacer con vosotros. ¡Yo no me hago responsable de esto!

Antes de que ninguno de nosotros pudiera evitarlo, salió corriendo del *bungalow*.

—¡Nicole! ¡Por favor! —grité tras ella, pero era inútil.

Sin mirar hacia atrás se apresuró hacia el *bungalow* en el que habitaba el «Gran Siggi».

Furiosos, nosotros nos lanzamos sobre los Bad Boys, mientras éstos nos culpaban de estar planeando algo sucio contra ellos con ayuda de Precioso, pero asegurando que nos descubrirían. Justo estaba pensando en algunas palabras de ésas que es mejor no soltar estando los profesores o los padres delante, cuando de repente se abrió la puerta de nuestro *bungalow*.

La cara del «Gran Siggi» no auguraba nada bueno.

—¡Es verdad! ¡Realmente es verdad! —bufó, mientras apareció la cara de Nicole tras su espalda como una luna horrible.

Por desgracia para mí, yo era quien tenía a Precioso en brazos. Fede me lo había pasado poco antes, ya que necesitaba sus brazos para expresar su excitación.

Sobre todo mantén la calma, me vino a la cabeza. Si mantenía la calma, seguro que con unos cuantos buenos y razonables argumentos podía salvar la situación.

—Puedo explicárselo —comencé con voz firme.

—¡Charly, tú te callas! ¡Contigo ya hablaré! —me cortó el señor Schlüter.

El «Gran Siggi» apoyó sus enormes puños sobre sus caderas.

—Bueno, Estefi, la verdad es que siempre he pensado que tú eras la más sensata de los cuatro. ¿Puedes explicarme en qué estabais pensando al traer al perro aquí?

—No teníamos a nadie que le cuidara —contestó Estefi tan fría como si estuviera recitando el vocabulario de inglés.

La cara del «Gran Siggi» se relajó un poco. Era esperanzador.

—¿Es que no están vuestros padres en casa?

—Sí, pero Precioso no vive con nosotros. Tiene una caseta en el huerto de los tíos de Charly. Y éstos se han ido de vacaciones.

—¿Cómo se llama este bicho? —preguntó el «Gran Siggi» (¿eso había sido una sonrisa?).

—¡Eh, tío...! Precioso, señor Schlüter.

—Extraño nombre, muy extraño.

El «Gran Siggi» se encontraba en vías de reconciliación. Me lo decía mi instinto y yo quería aprovecharlo.

—Pensamos que al menos debería tener un nombre bonito —le expliqué conciliador.

El «Gran Siggi» se giró hacia mí frunciendo el ceño.

—Seguro que fuiste tú el que ideó todo esto, ¿no es así? ¡La historia de que te encontrabas mal era mentira!

—Bueno…, sí, mirándolo bien, podría decirse así —intenté contestar lo más diplomáticamente posible.

Nuestro tutor movió la cabeza.

—Y yo que iba a enviarte al médico, porque pensé que habías contagiado al señor Brinkmann.

—¡No, eso seguro que no lo he hecho! —dije enseguida.

—No sé, no sé —dijo nuestro traicionero tutor estirando las palabras—. A lo mejor es cierto que has contraído alguna infección, como dijiste. Y tal vez de-

beríamos pensar si no sería mejor dejarte algún tiempo en cuarentena. Nicole, ¿usted qué opina?

En los ojos de mi hermana apareció un brillo especial. Contaba con que le propondría al «Gran Siggi»
dejarme para el resto de la estancia en un oscuro calabozo de la fortaleza a pan y agua. Pero entonces ocurrió algo completamente inesperado.

—¡Ay, no! —dijo extrañamente amable—. Eso
sería demasiado duro, ¿no cree?

Me disponía a enviarle un par de miradas de
agradecimiento cuando ella añadió:

—Pero un pequeño escarmiento sí se le debería dar. ¿Qué ocurriría si todo el mundo se trajera a su
perro?

¡Esa víbora!

—¿Y ahora qué va a pasar con Precioso?
—preguntó Fede asustado.

El «Gran Siggi» se encogió de hombros.

—Nos lo quedaremos aquí. ¿Qué otra cosa podemos a hacer?

—¿Podemos quedárnoslo en nuestra habitación? —preguntó Fede contento—. ¡Prometemos que

cuidaremos bien de él, y le aseguramos que no molestará a nadie!

—Más os vale. Pero procurad dejarle en vuestra habitación. Por las mañanas, a mediodía y por la noche lo podéis sacar media hora. El animal necesita, al fin y al cabo, moverse y esas cosas.

Le prometimos al «Gran Siggi» por lo más sagrado que así lo haríamos. Aunque, con tal de salir de ésta, habríamos sido capaces hasta de prometerle llevarle a casa a cuestas.

—¿Cómo está el señor Brinkmann? —le preguntó Rabanito al «Gran Siggi» cuando éste ya tenía la mano sobre el pomo de la puerta.

—Me temo que no muy bien. El médico acaba de estar con él y le ha dicho que guarde cama. El matrimonio Waldburg le ha acondicionado una de sus habitaciones para huéspedes. Miki se hará cargo de su *bungalow*.

* * *

—¡Habéis tenido suerte! ¡Mucha suerte! ¡Pero ya os cogeremos! —exclamó Javier, después de haberse ido el «Gran Siggi».

Nicole se había pegado al rebufo de nuestro tutor. Posiblemente quería averiguar más cosas sobre Miki o debatía con el «Gran Siggi» cuál sería el castigo más apropiado que podían endosarme cuando estuviéramos de nuevo en casa.

Los traidores se retiraron a su habitación cacareando estúpidamente, pero tras la puerta cerrada de su habitación aún les podíamos oír reír. Yo estaba tan furioso que veía pequeñas estrellitas danzar ante mis ojos.

Por si fuera poco, encima Estefi me gruñó de soslayo:

—Pues vaya táctica la tuya —dijo—. Menos mal que no nos iban a resultar peligrosos. ¿No fue lo que dijiste?

—¡Sí, sí! —contesté irritado—. ¿Es que tú no te has equivocado nunca, o qué?

Pero entonces, Fede tuvo una idea genial.

—¡Eh, tíos, eh! Quién sabe, a lo mejor fueron ellos los que le echaron veneno a la comida del «guapo de Gerardo».

—¡Jo, Fede! —exclamé—. ¡Eso es!

Pero como siempre, Estefi le encontró la quinta pata al gato.

—¿Ah sí? ¿Y de dónde iban ellos a sacar el veneno, si puede saberse?, ¿y por qué iban a haber hecho algo así?

—O sea, que lo que preguntas es por el móvil y la ocasión —dije, traduciendo el comentario de nuestra experta en informática al lenguaje correcto.

—¡No! ¡Me pregunto si no te faltan más tornillos de la cuenta!

El resto de la mañana fue poco emocionante, lo que me proporcionó el tiempo suficiente para pensar en la teoría de Fede.

Nos reunimos en el centro social tal como nos había indicado la señora Rotkehl. En realidad había previsto para aquella mañana una pequeña caminata por el monte, pero debido a los «acontecimientos», se había pospuesto para la tarde. De modo que después de haber cantado todos juntos *Viva la gente*, pudimos disponer de tiempo libre para jugar durante toda la mañana. O sea, que nos estuvimos peleando todo el rato por dos palas despellejadas de pimpón y el único balón que había.

Entretanto, el «Gran Siggi» contó nuevamente lo que mis colaboradores y yo ya sabíamos. Cuando los demás se enteraron de que «el guapo de Gerardo» se encontraba tan mal que tendría que guardar cama durante algún tiempo, se extendió un silencio de condolencia. Aunque a ninguno nos caía muy bien nuestro profesor de Matemáticas, tampoco le deseábamos algo así. Los que sin embargo saltaron de alegría fueron los del *bungalow* del señor Brinkmann, cuando se enteraron de que ahora iba a vivir con ellos Miki.

Poco antes de la comida del mediodía, llegó la gran hora de Fede: podía sacar a Precioso a pasear. Saltaba a la vista lo mucho que ambos lo disfrutaban. Mientras Precioso retozaba entre los árboles levantando su patita prácticamente en cada uno de ellos, Fede cruzaba el césped muy orgulloso, como Napoleón después de una batalla ganada. Cuando además se acercaron unas cuantas chicas a nuestro perro detective silbante y empezaron a decir algo de «gracioso» y «majo», Fede pareció que crecía unos diez centímetros.

Durante la comida, la señora Rotkehl estuvo informándose exhaustivamente acerca de Precioso. La verdad es que me daba rabia que Fede actuara como si Precioso sólo fuera de él.

—Pues en la bibliografía especializada no se ha llegado a ningún consenso acerca del valor pedagógico de los animales de compañía —le decía la señora Rotkehl a la señora Sulte-Stratmann con cara de sabia.

Y visto y no visto, se enzarzaron las dos en una de esas conversaciones de profesores en las que un alumno siempre se siente como un conejillo de indias.

Desconecté mis oídos y dejé planear mi vista por el comedor. Al principio, no tuve éxito, pero después, cuando se repartieron los pequeños cuencos con el postre, observé algo que hizo despertar mi instinto de detective.

6
Los interrogatorios audaces abren la puerta del éxito

Debido a las emociones provocadas por el incidente del «guapo de Gerardo» y el descubrimiento de Precioso, no me había dado cuenta de que no había visto al señor Waldburg en todo el día. Tomé conciencia de ello cuando le vi entrar en el comedor con los encargados del servicio de cocina, portando una gran bandeja con cuencos de natillas. Eso, por sí solo, no habría sido nada especial, si no fuera por el modo tan extraño en que reaccionó Miki ante ese hecho.

En cuanto Miki vio al «padre del albergue», se levantó de la silla. Bueno, más bien brincó de la silla. Miki alcanzó al señor Waldburg cuando éste se disponía a volver a la cocina con la bandeja vacía y en el comedor ya se había extendido un glotón silencio.

En aquel momento me hubiera gustado ser un murciélago. Normalmente no suelo ser curioso, al menos no más de lo que se considera preciso para un de-

127

tective. Pero no hacía falta ser un lince para darse cuenta de que esos dos estaban discutiendo. Primero fue Miki el que le hablaba enérgicamente al señor Waldburg y luego fue al revés. Eso se repitió durante un buen rato.

Le di con el codo en el costado a Rabanito, mientras éste degustaba sus natillas de chocolate con cara de gozo.

Reaccionó igual que Precioso cuando se le molestaba mientras come.

—¿Queeé? ¿No te gustan tus natillas? Puedes dármelas a mí.

—¡Eh, tío, eh! ¡O a mí!

—¡¿Queréis callaros?! —dije poniendo a mis colaboradores en su sitio—. ¿Es que no veis que Miki y el señor Waldburg están discutiendo?

—A lo mejor no le ha dado a Miki su ración de natillas —opinó Estefi.

—¡Bobadas! Se trata de algo serio. Salta a la vista.

Bajé la voz, porque los profesores ya estaban mirándonos muy interesados.

—¿No podrías esforzarte un poco? —le pregunté a Rabanito.

No en balde él era la «antena» oficial de Charly & Company.

—Quizá puedas escuchar de qué se trata.

Rabanito se me quedó mirando algo escéptico, pero terminó haciéndolo. Incluso se inclinó un poco hacia delante para oír mejor. Finalmente se encogió de hombros.

—Lo siento. No entiendo ni una palabra.

No sería yo el jefe de una agencia de detectives, lanzada a la fama por la prensa, si me diera por vencido a la primera. Tenía que encontrar otro camino para averiguar por qué estaban discutiendo aquellos dos. ¡Ya lo tenía! Me fijé en quién estaba sentado cerca de ellos. Eran Daniela y Natalia. Ellas eran casi tan inseparables como mis colaboradores y yo. Las interrogaría; y Estefi, Rabanito y Fede debían estar presentes. Al menos así aprenderían algo.

Para cuando todos terminaron de comerse su postre y acabamos de cantar la última estrofa de *Good morning, sunday,* el señor Waldburg hacía ya tiempo que había desaparecido en la cocina. Miki también había vuelto a sentarse en su sitio, pero no estaba como otras veces. Permanecía muy pensativo y con la mirada perdida.

Natalia y Daniela estaban sentadas mucho más cerca de la salida que nosotros. Yo quería alcanzarlas a ser posible antes de que desaparecieran en su *bungalow* para la odiada siesta. Si lo dejaba para después, posiblemente ya no se acordarían bien de la discusión. De modo que no había tiempo para informar a mis colaboradores sobre el estado de la situación. Tocaba dar órdenes precisas:

—¡Adelante! ¡Venid conmigo! ¡Tenemos una misión!

—¡Oye! —exclamó Estefi tras de mí—. ¿Qué te has creído, que somos tus esclavos o qué?

En esos casos sólo hay una alternativa: no hacer ni caso. Y funcionó, como siempre. Los tres me siguieron. Y es que, por mucho que protesten, sé perfectamente lo curiosos que son.

—¿Pero qué ocurre? —jadeó Rabanito a mi lado.

—¡Tenemos un interrogatorio! Quiero preguntar a Daniela y Natalia si se han enterado de la discusión.

—¡Eh, tío, eh! ¿Eso es todo? ¿Y por eso vas corriendo como un poseso? ¡Y encima con el estómago lleno!

Gracias a mi rápida reacción, las alcanzamos un poco antes de que llegaran a su *bungalow*.

—¿Para qué lo queréis saber? —preguntó Natalia, bastante antipática, después de que le hubiera expuesto nuestro objetivo.

—¿Se trata de vuestro perro? —quiso saber Daniela—. A mí también me gustaría tener un perro de ésos. ¿Dónde se pueden conseguir?

—Detrás de un contenedor de la basura —contestó Estefi.

—¡Ja! ¡Ja! Si nos vienes en ese plan, no pensamos decir nada.

Antes de que Estefi lo estropeara todo con su inapropiado método de interrogar, yo me hice cargo del asunto.

—¿Puedo pues suponer, por lo que acabas de decir, que has oído algo?

Natalia se me quedó mirando sin entender nada.

—¿Cómo?

—¡Eh, tías, eh! Sólo queremos saber si os habéis enterado de qué estaban discutiendo Miki y el señor Waldburg.

A pesar de que yo también prefiero utilizar el método de interrogar directo, Fede había cometido un error, del que muy pronto se iba a arrepentir, porque le había dado una idea a Daniela.

—¡Sólo os lo diremos si nos dejáis sacar esta tarde a vuestro perro y si puede dormir esta noche con nosotras!

Natalia miró a su amiga con admiración.

—¡Exacto! ¡Si no, no diremos nada!

Ya podía yo esperar sentado a que mis colaboradores me mirasen de aquella manera.

—¡Eh, tías, eh! ¡Que os den morcilla!

Iba siendo hora de volver a coger las riendas.

—Fede, no tan deprisa. Siempre se puede hablar del tema…

Daniela se puso testaruda.

—¡No hay nada de qué hablar! ¡El perro por la información!

Un buen detective sabe cuándo tiene que ceder.

—Está bien.

—¡Eh, tío, eh!

—¡Fede, déjame terminar de hablar, hombre! Os propongo que esta tarde saquéis a Precioso de paseo, pero lo de dormir con vosotras, ¡olvidadlo!

Natalia ya quería entonar una sonora protesta, cuando su amiga la cogió aparte. Estuvieron un rato cuchicheando, luego se volvieron nuevamente hacia nosotros.

—Está bien. De acuerdo.

Miré a Fede. Aunque estaba que bufaba de rabia, no me contradijo. De modo que el trato quedó cerrado. En fin, un interrogatorio audaz abre la puerta del éxito.

—Pues soltad de una vez lo que sabéis —dijo Estefi—, antes de que llegue el «Gran Siggi».

Natalia hizo una mueca.

—Nada. No hemos oído nada.

—¿Qué?

—No te alteres, que sólo era una broma. Oímos algo, pero no mucho.

—¿De qué estaban discutiendo? —les pregunté—. Venga, no nos mantengáis más sobre ascuas.

—Parece que se trataba de la comida —dijo Daniela.

¡Ajá! ¡Ya lo sabía yo! Mi teoría sobre el envenenamiento se tornaba cada vez más probable.

—Miki dijo que algo estaba en mal estado y el señor Waldburg le contestó que estaba loco y así se pasaron un buen rato.

Daniela miró a Natalia, pero ésta se encogió de hombros.

—Exacto. Eso fue todo. O casi todo. Al final dijo algo sobre el servicio de cocina, que tenía que ayudarles o algo así. La cuestión es que se volvió enseguida a la cocina y desapareció.

Un detective no debe darse por satisfecho con el primer testimonio de los testigos. Tiene que volver a insistir.

—¿Habéis oído algo más que aclare lo que Miki quería decir con que «estaba en mal estado»?

—No. Sólo hablaba siempre de «eso».

—«Eso» —repetí pensativo de camino hacia nuestro *bungalow*—. ¿Qué querría decir?

—¿Se habrá fastidiado «el guapo de Gerardo» el estómago con «eso»? —preguntó Rabanito.

Estefi movió la cabeza negativamente.

—No lo creo. Si se refería a comida en mal estado, habría enfermado más gente y no sólo «el guapo de Gerardo».

—Eso es cierto —asintió su hermano, porque aún no había aprendido a atar cabos.

—Sí, pero sólo en el caso de que «eso» hubiese caído accidentalmente en la comida. Porque si alguien lo hubiera hecho a propósito, ese alguien podría haber envenenado al «guapo de Gerardo» adrede.

—¿Y cómo? —contradijo Estefi—. Si la comida la traen siempre en fuentes grandes para toda la mesa. Así no hay quien sepa qué patata o verdura va a coger precisamente «el guapo de Gerardo». Y si todo estuviera en mal estado, nos tendríamos que haber puesto enfermos nosotros también. Así que déjalo ya, Charly. Seguro que lo único que tiene es una indigestión.

Pero nuestra experta en informática había hecho su deducción sin contar con mis dotes para atar cabos.

—¿Y qué pasa con el postre? El postre siempre lo traen en cuencos individuales. De ésos podría haber estado envenenado únicamente uno y ése ha sido el que ha tomado «el guapo de Gerardo».

—¡Eh, tío, eh! ¿Por qué iba a hacer alguien eso?

Tengo que reconocer que a esas alturas aún no tenía respuestas a las insistentes preguntas de mis colaboradores. Durante la hora de la siesta quería repasar nuevamente todos los entresijos de este caso.

Nada más llegar a la habitación, Fede y Rabanito comenzaron a jugar con Precioso, que se alegró mucho de ello. Yo me tumbé en mi cama, crucé los brazos tras la cabeza y medité. Tal como ya había dicho Estefi, la clave para resolver un caso es el móvil y la ocasión. Primero me centré en el móvil. ¿Quién podría tener interés en envenenar al «guapo de Gerardo»? Normalmente se podría pensar que hay mucha gente que quiera vengarse de un profesor de *Mates*. Pero en lo que respecta al señor Brinkmann, la cosa no era así. Si bien era cierto que se creía el más guapo y siempre tenía a mano algún comentario con el que tomarnos el pelo, no era menos cierto que nadie se enfadaba en serio con él. Y eso se debía a que rara vez ponía malas notas. El peor en *Mates* es Rabanito, e incluso él había conseguido siempre un aprobado en el boletín de notas con el último examen. Por cierto que esto también iba por Nicole. Yo al menos no la había oído despotricar nunca del «guapo de Gerardo», cosa que no puedo decir de otros profesores que ella tenía.

¿Y qué pasaba con Tom, que estaba tan enamorado de Nicole? ¿Le habría hecho algo «el guapo de Gerardo»? O a lo mejor estaba celoso de él. O tenía miedo de que «el guapo de Gerardo» intentara ligar con mi hermana. Claro que en ese caso, habría envenenado antes a Miki. Por cierto que a él le excluí desde el primer momento del círculo de sospechosos. ¿Por qué le iba a echar veneno en la comida a un profesor de Matemáticas al que ni siquiera conocía? Además, Miki no era el tipo de persona que cometía delitos. Eso resultaba evidente; él era más bien como yo.

Quedaban los demás profesores. El único motivo que se me ocurría era que siempre iba tras las profesoras. No desaprovechaba ninguna ocasión para flirtear con ellas. Pero, ¿serían la señora Sulte-Stratmann y la señora Rotkehl capaces de envenenarle por ello? Y aunque así fuera, seguían sin tener la ocasión para poder hacerlo. Ellas no hubieran podido mezclar el veneno entre su comida, además de que no podían saber qué cuenco iba a ser para el señor Brinkmann. Tampoco podía haberlo hecho ningún alumno.

Sin embargo, ¡los señores Waldburg sí habrían

tenido ocasión de hacerlo! Al fin y al cabo, eran ellos los que repartían la comida. Sería fácil poner un cuenco marcado en el sitio del señor Brinkmann. ¿Pero por qué? Si casi no le conocían… Seguramente le habían visto aquí por primera vez… ¿Y si no fuera así? Tal vez existía un capítulo negro en el pasado del «guapo de Gerardo». ¿Una amante despechada? ¿La señora Waldburg? Me imaginé a la bajita y rechoncha señora Waldburg, que parecía no haber hecho otra cosa en toda su vida que cocinar y comer. ¿Y con ella iba a haber…? ¡No! ¡Jamás de los jamases!

¡Y entonces caí en la cuenta! ¡Los Bad Boys! ¿No fueron ellos los que tuvieron servicio de cocina la noche en que llegamos? ¿Fueron ellos los que sirvieron los cuencos de natillas en nuestra mesa, o fue el señor Waldburg? Por más que me estrujaba el cerebro, no lo recordaba.

—¿Os acordáis vosotros de quién repartió los cuencos de natillas en nuestra mesa la noche que llegamos? —susurré hacia las otras dos camas.

—¡Eh, tío, eh! ¡Estaba teniendo un sueño genial!

—Ni idea —contestó Rabanito.

—Ni yo —dijo Fede después de un rato—. ¿Por qué quieres saberlo?

Como de costumbre, me tocaba a mí hacer todo el trabajo.

—¡Jo, tíos! ¡Cuándo vais a aprender de una vez a atar cabos! Porque sólo esa persona pudo endosarle las natillas envenenadas al «guapo de Gerardo».

—¡Eh, tío, eh! Si no sabemos si realmente ha sido envenenado. Además, no me imagino por qué iba a hacer alguien algo así.

—¡Para hacérnoslo pagar a nosotros! ¡Los Bad Boys! Ellos se ocuparon del servicio de cocina anoche y pudieron mezclar algún veneno de efecto lento. Y ahora, probablemente, estén intentando desviar las sospechas hacia nosotros. Entonces podrán fardar de que han resuelto un caso y encima han perjudicado a sus competidores. ¡Un plan diabólico!

—¿Y cómo iban ellos a conseguir un veneno de ésos? —dijo nuestro cuidador de perros, poco imaginativo, aunque, por otra parte, su consideración no estaba del todo injustificada.

Tenía que volver a repasar los detalles. Pero

cuanto más lo pensaba, más giraban las ideas en mi cabeza. Para conseguir desvelar el misterio de la enfermedad del señor Brinkmann, necesitaba más información y más tiempo para conseguirla. Pero como la excursión únicamente iba a durar cuatro días, no disponía de mucho tiempo.

Cuando salimos después de la siesta para hacer senderismo, me dolía la cabeza. Una y otra vez me rondaban los sospechosos y sus móviles por la cabeza, hasta que el «Gran Siggi» puso fin a ello. Aunque está más redondo que una bola de billar, no debe uno dejarse engañar. Ya habíamos estado un par de veces haciendo senderismo con él y siempre se convertía en una especie de maratón. Era increíble lo rápido que alguien podía andar con semejante panza.

Esta vez la cosa fue aún peor, porque también venía la señora Rotkehl. Ya no era sólo que tuviéramos que andar como si nos persiguieran unos monstruos, no; también teníamos que cantar a pleno pulmón. En el bosque, la voz de la señora Rotkehl sonaba incluso más penetrante que de costumbre. Después de la primera estrofa de *Se van los montañeros,* estoy seguro

de que ya no quedaba ni un solo ciervo a cinco kilómetros a la redonda. Yo estaba tan falto de aliento, que
me costó trabajo hablarle a Estefi sobre mis sospechas. Aunque ella tampoco me fue de gran ayuda.

—Estás chiflado —fue su único comentario.

Cuando a la vuelta de nuestra jornada de senderismo nos dejamos caer por el comedor, tenía más
sed que un camello y más hambre que un león. A los
demás les ocurría un tanto de lo mismo. Durante los primeros diez minutos no se escuchó otra cosa que el tintineo de los cubiertos sobre los platos y un gustoso rui-

do de mascar y tragar. Conforme iba avanzando la ingestión alimenticia, mi instinto detectivesco iba resucitando. Al igual que al mediodía y la noche anterior, también en esa ocasión hubo postres servidos en cuencos individuales. Ni un solo momento perdí de vista ni al servicio de cocina ni al señor Waldburg, que nuevamente se habían hecho cargo del reparto. Simplemente iban poniendo un cuenco detrás de otro sobre la mesa.

—Macedonia de frutas —me murmuró Estefi con voz misteriosa—. Espero que no esté enriquecida con veneno para ratas.

Lo dicho, a mis colaboradores a veces les faltaba la precisa seriedad.

—¿Lo dices en serio? —preguntó el miedica de
Rabanito.

—¡Eh, tíos, eh! ¡Ni se os ocurra estropearme el
postre!

—Fede, tú come tranquilo —le dijo Estefi sonriendo maliciosa—, ¡que tal vez sea tu última cena!

Aun sabiendo que Estefi había hecho aquel comentario sólo para hacerme enfadar, conforme iba
desapareciendo trocito a trocito la fruta en mi boca, me
iba invadiendo una extraña sensación. También Fede,
Rabanito e incluso Estefi se comieron su postre más
despacio de lo que en ellos era costumbre.

¡Y entonces, ocurrió de verdad! Nuevamente
cayó otra víctima sin previo aviso. Ocurrió mientras
cantábamos, en coro de varias voces, *Debajo un bo-
tón que encontró Martín.* Al llegar al último «tin-tin-tin»,
la voz de la señora Rotkehl falló. Eso no había ocurrido nunca y, con su habitual estridencia, claro está,
todo el mundo se dio cuenta enseguida. Primero, el
grupo de tres voces se convirtió en uno de treinta y

seis; después se hizo un silencio sepulcral. La señora
Rotkehl seguía de pie moviendo la boca, pero sin que
de ella saliera ni un solo sonido.

Todas las miradas se clavaron fijamente en
nuestra profesora de Música. Ella empezó a tamba-
learse un poco. Temí que se fuera a desplomar de un
momento a otro, pero no, se mantuvo firme. En cambio mostraba los mismos síntomas que ya habíamos

observado en «el guapo de Gerardo»: la cara pálida, la cara verde, labios azules y temblorosos, una mano sobre el estómago, otra mano sobre la boca y... pies para qué os quiero.

Nuestro tutor parecía haberse acostumbrado ya a que sus compañeros fueran cayendo uno detrás de otro. La cuestión es que esta vez reaccionó mucho más rápido que con «el guapo de Gerardo». Visto y no visto, alcanzó a la señora Rotkehl y, sirviéndole de apoyo, la acompañó afuera.

Como si nos hubieran dado una señal, Estefi, Rabanito, Fede y yo apartamos los postres. También entre los demás se volvió a extender la excitación, pero esta vez más que la primera. Al fin y al cabo, todos habían sido testigos de lo que había ocurrido. Nicole y Tom intentaron que volviera la calma, pero no lo consiguieron. Mi mirada cayó sobre Miki. Permanecía sentado tan tranquilo, como si no se enterase de lo que estaba pasando a su alrededor. ¡Lo que hubiera dado yo por poder leer sus pensamientos! Quién sabe, tal vez pensara lo mismo que yo: el traicionero y venenoso atentado había vuelto a cobrarse una víctima.

Pero nosotros dos no éramos los únicos que pensábamos así.

—¡Eh, tíos, eh! ¡La macedonia de frutas sí que estaba envenenada!

Rabanito se sujetó el estómago.

—Creo que me estoy poniendo malo —se quejó.

—¡Cállate! —le atacó su hermana—. ¿No ves que todo esto son bobadas?

—¿Y entonces por qué tenía la señora Rotkehl el mismo aspecto verdoso que «el guapo de Gerardo»?

—Porque tal vez ella también esté enferma.

—Claro que lo está —respondí yo—. Creo que eso ha quedado patente. Pero, ¿por qué?

—Pues los Bad Boys no han podido ser —dijo Rabanito quejoso—. Ellos no tenían servicio de cocina.

En eso tenía razón. A pesar de ello, me resistía todavía a tacharles de mi lista de sospechosos. Tal vez el veneno haya sido simplemente de efecto más retardado en la señora Rotkehl que en «el guapo de Gerardo».

Me vi obligado a interrumpir mis pensamientos. Otros sospechosos, el matrimonio Waldburg, se acercaban a nuestra mesa con caras de preocupación. Se postraron a izquierda y derecha de la señora Sulte-Stratmann y se inclinaron hacia ella. Menos mal que nosotros estábamos suficientemente cerca para poder enterarnos de la conversación.

—Señora Sulte-Stratmann, para nosotros esto es un verdadero misterio —comenzó la señora Waldburg—. ¡Créame, algo así no había ocurrido aquí jamás!

—¡Cierto! —le asintió el señor Waldburg a su mujer—. Nosotros utilizamos los mejores ingredientes para cocinar. ¡Todo muy fresco! Es una de nuestras prioridades. Todas las mañanas voy al mercado central y compro todo personalmente.

—Y mi marido entiende de esto. Ha trabajado muchos años en el campo de la gastronomía.

—¡Siempre exclusivamente con los mejores ingredientes! —dijo el señor Waldburg retomando la palabra—. ¡Yo no utilizo otra cosa!

Su mujer asintió con fuerza.

—Sí, y por eso no podemos entender cómo es posible que se hayan puesto tan malos del estómago los profesores, ¡y encima dos a la vez!

La señora Sulte-Stratmann había soportado el torrente verbal con gran paciencia, mirando siempre de uno a otro.

—Pero si no tiene por qué haber sido causado por su comida —dijo amablemente—. Puede haber muchas causas para una sintomatología tan desagradable. O podrían haber comido alguna otra cosa fuera que les hubiera sentado mal.

—¡O tal vez sea una gastroenteritis! —añadió el señor Waldburg.

—Sí, pero esperemos que no sea así, no vaya a ser que se nos infecte más gente.

Pensé unos instantes si contarle a la señora Sulte-Stratmann lo de mi teoría del veneno. Al fin y al cabo ella, como profesora de Biología, está muy puesta en venenos y esas cosas. Quizás incluso podía darme alguna pista sobre qué tipo de veneno produce esos síntomas y cómo se podía mezclar disimuladamente entre la comida.

¡De repente se me ocurrió una idea terrible! Sería ella la..., pero, ¿cómo y por qué? Medité unos instantes si hacerles partícipes de mis ideas a mis colaboradores o no. A Fede seguro que no le iba a gustar esto.

El «Gran Siggi» me quitó el peso de encima de tener que tomar esa decisión. Regresó. Su mirada era tan turbia como cuando nos salía mal alguna redacción de Lenguaje, y estaba dirigida a nuestra mesa. ¡No! ¡Estaba dirigida a mí! ¡Y ahora qué pasaba! ¡Si yo no tenía nada que ver con el malestar de la señora Rotkehl! ¿Habría ella expresado alguna sospecha contra mí?

Por unos instantes la señora Sulte-Stratmann distrajo al «Gran Siggi».

—Los señores Waldburg temen que su comida pueda ser la causa de los dos casos.

El «Gran Siggi» movió la cabeza negativamente y sonrió amablemente a los «padres del albergue», quienes, entre tanto, estaban ya completamente desolados. ¡Aunque también podría ser fingido!

—Yo sospecho algo bien distinto… —dijo nuestro tutor, ¡y nuevamente me miró a mí!

—¿Y qué sospecha es ésa? —preguntó la señora Sulte-Stratmann.

—¡Charly! —exclamó.

¿Por qué tendrán todos los profesores una voz tan potente? Como si lo hubieran estado esperando, mis queridos compañeros enmudecieron al instante y dirigieron sus miradas hacia nuestra mesa, ante la cual, se hallaba postrado en todo su esplendor nuestro tutor.

7

A veces, los caminos más extraños conducen a la meta

—¿**M**e ha acusado la señora Rotkehl? —grité en el insoportable silencio.

El «Gran Siggi» levantó las cejas.

—¿La señora Rotkehl? No, en este momento tiene otras preocupaciones. ¡Yo te acuso, mi querido Charly!

¡Eso era inaudito! Aquello me recordaba a nuestro último caso.

—¡Pero si yo no la he envenenado!

Y nuevamente, sin que ésa fuera mi intención, fui el causante de la diversión de los presentes. Ni siquiera el «Gran Siggi» pudo reprimirse una sonrisa. Yo no le veía la gracia por ninguna parte.

—Es que yo no he dicho que tú la hayas envenenado. Charly, no sé cómo se te ocurren siempre esas ideas tan descabelladas. Lo que creo es que sí tenías una gastroenteritis, o algún virus estomacal contagioso, y no quisiste reconocerlo por miedo a que no te de-járamos venir a la excursión.

—¡Mentí, señor Schlüter, de verdad!

—¿Cómo?

—Quiero decir que el asunto de mi enfermedad estomacal era mentira. Sólo lo dije para quedarme a solas en un compartimiento, porque queríamos traer-nos a Precioso.

—¡Seguro que el perro es el culpable de todo! —dijo de repente Óliver—. Esos bichos pueden trans-mitir enfermedades peligrosas. ¡Lo dice siempre mi madre!

—¡Eh, tío, eh!

Estefi consiguió retener a Fede en el último ins-tante, porque de lo contrario se habría vuelto a lanzar sobre Óliver. Pero aun así, Precioso tuvo quien lo de-fendiera. Daniela y Natalia se habían levantado e insul-taban a Óliver muy enfadadas.

—¡Silencio! —gritó el «Gran Siggi»—. De todas maneras a vosotros no se os ha perdido nada aquí. Así que largaos. Os doy una hora para ir al centro social, pero después, todo el mundo a la cama.

Eso no hizo falta que me lo dijera dos veces. Me levanté.

La gigantesca mano del «Gran Siggi» se posó sobre mi hombro.

—No tan deprisa, Charly. Nosotros dos todavía no hemos terminado. Los demás podéis iros —les dijo a Estefi, Rabanito y Fede.

Y así lo hicieron, aunque Rabanito aún pudo susurrarme disimuladamente que me esperarían afuera, lo que me tranquilizó un poco.

De pronto me encontré a solas con nuestros dos profesores y el matrimonio Waldburg. Antes de que cantara un gallo, me había convertido yo mismo en sospechoso y estaba siendo sometido a un interrogatorio.

—Bueno —comenzó el «Gran Siggi» mientras los demás me observaban desconfiados—, Charly, voy a preguntártelo una vez más: ¿tenías una gastroenteritis o no? Si lo confiesas ahora, no te ocurrirá nada. Sólo necesitamos saberlo para tomar las medidas adecuadas.

—¡No, señor Schlüter, se lo aseguro! ¡Estoy sano! ¡Créame! ¡Estoy diciendo la verdad! Pero si yo me he comido siempre todo… ¡Y usted mismo lo ha visto!

—Eso es cierto, pero ya me has mentido una vez.

—¡Eso fue otra cosa! Sólo queríamos traernos a nuestro perro.

—Creo que dice la verdad —intervino nuestra profesora de Biología en mi ayuda—. Charly es capaz de hacer muchas tonterías —dijo con una mirada muy significativa dirigida a mí—, pero no miente, al menos normalmente.

—Está bien —suspiró el «Gran Siggi»—. Entonces tiene que haber otra razón que justifique la ful-

minante indisposición de nuestros compañeros. El médico diagnosticó que el señor Brinkmann padecía una simple indigestión. Y casi puedo afirmar que lo de la señora Rotkehl es algo parecido. El médico vendrá enseguida. Ya le he llamado.

—Me gustaría saber qué habrán comido para que se sientan tan terriblemente mal —dijo la señora Sulte-Stratmann pensativa.

—¿Me permiten que les explique mi teoría del envenenamiento? —pregunté finalmente, aunque algunos sospechosos estuvieran presentes.

El «Gran Siggi» resopló como un toro bravo.

—¡Ya es suficiente! ¡Desaparece de mi vista y lárgate con los demás! ¡Tu teoría del envenenamiento! ¿Cómo se le ocurren a este chico esas cosas?

Comprendí que los profesores no eran capaces de seguir mis reflexiones. Así que no me quedaba otra alternativa que resolver el caso yo mismo. Porque esto era un caso, ¡de eso estaba completamente convencido!

—¿Quiere que suspendamos la excursión? —oí

decir a la señora Sulte-Stratmann mientras yo me encaminaba hacia la salida.

—No, todavía no —le contestó el «Gran Siggi»—. Acabo de telefonear al Director. Me ha prometido que vendría esta noche. Probablemente quiera comprobar por sí mismo lo que está ocurriendo aquí. Ha dicho que llegaría con el último tren.

—No hay problema —opinó el señor Waldburg—. Nuestro jardinero Willi puede recogerle de la estación. Lo hará con mucho gusto si con ello puede ganarse unos euros de propina.

—Estupendo. Muchas gracias. Volveré a telefonear enseguida —dijo el «Gran Siggi».

Después tuve que cerrar la puerta tras de mí.

Tal como prometieron, mis colaboradores me estaban esperando ante la puerta del comedor.

Rápidamente les solté esa última noticia.

—¡Viene el *Dire!* Como sustituto por la señora Rotkehl.

—¡Lo que nos faltaba! —refunfuñó Estefi.

Sabía a lo que se refería. Nuestro Director no le cae bien a nadie, ni siquiera a los *profes.* Es el tío más aburrido del mundo. En las clases en las que él imparte su materia, al menos la mitad de los alumnos sufre de la enfermedad del sueño.

—Y por lo demás, ¿qué tal ha ido? —preguntó Rabanito preocupado—. ¿Te ha torturado mucho el «Gran Siggi»?

—Así, así —contesté—. Me acusaron de tener algo que ver con la enfermedad de la señora Rotkehl. Que yo la había contagiado. Pero no quisieron saber nada de mi teoría del envenenamiento.

—¡Eh, tío, eh! ¿Acaso les has hablado de eso?

—No ha sido nada del otro mundo —dije modesto—. Una cosa llevó a la otra. Y los señores Waldburg se quedaron estupefactos. Eso no lo pudieron disimular. Tenían el remordimiento escrito en la cara. Por eso, para mí siguen siendo sospechosos, aunque en estos momentos no sean los sospechosos principales.

—¿Y quiénes son? —quiso saber Rabanito.

—Por ejemplo los Bad Boys, para poder echarnos la culpa a nosotros —le contestó Estefi.

—Pero si no tenían servicio de cocina… Les tocó hace dos días.

—Eso es cierto. Y precisamente por eso, la principal sospechosa es otra persona distinta —dije muy tranquilo, y miré a Fede—. ¡La señora Sulte-Stratmann!

—¡Eh, tío, eh! ¡A la señora Sulte-Stratmann la dejas en paz!

—¡Piénsalo un poco! —intenté calmar a nuestro cuidador de perros—. La señora Sulte-Stratmann es profesora de Biología. Seguro que tiene mogollón de conocimientos sobre venenos.

—¿Y qué móvil iba a tener? —preguntó Estefi, antes de que Fede pudiera alterarse aún más.

—Celos.

—¿Y eso a cuento de qué?

—Tal vez «el guapo de Gerardo» le caiga mejor de lo que ella deja entrever. Y como últimamente él sólo está pendiente de la señora Rotkehl y le echa los tejos, ella ha querido quitar del medio a los dos.

—¡¿Quitar del medio?! —vociferó Fede—. ¡Eso no es cierto! ¡Jamás! —en su voz había verdadera desesperación.

Estefi hizo un gesto despectivo con la mano.

—¡Ya me he cansado de tus chorradas! Lo más probable es que los dos tengan una indisposición normal y corriente, o que hayan comido algo que les ha sentado mal. Y ya sé lo que vamos a hacer. ¡Les vamos a preguntar!

Rabanito se estremeció.

—¿A quién? ¿Al «guapo de Gerardo» y a la señora Rotkehl?

—¡Pues claro! Ellos deben de saber mejor que nadie lo que comieron. Y si descubrimos algo que sólo hayan comido los dos, entonces sabremos que fue eso lo que les ha sentado mal.

—¡Eh, tía, eh! ¿Y tú crees que nos van a dejar entrar en sus habitaciones?

—¿Por qué no? ¡A ver si no vamos a poder visitar a nuestros profesores enfermos!

—De acuerdo. Siempre será mejor que ir husmeando detrás de la señora Sulte-Stratmann, como aquella vez, cuando ella desapareció.

* * *

A la mañana siguiente, efectivamente nuestro

Director estaba al pie del cañón. Nos echó un extenso discurso acerca de los sufrimientos de la profesión docente en general y del dolor de la señora Rotkehl y «el guapo de Gerardo» en particular, a pesar de que estábamos desayunando. Después nos soltó otro discurso aún más largo advirtiéndonos de que debíamos cuidar siempre nuestra salud.

Los demás no le hacían ni caso y seguían comiendo alegremente, pero nosotros no podíamos hacerlo, porque estábamos sentados justo enfrente de él y nos miraba continuamente. Así que no tuvimos más remedio que escucharle, mientras se nos secaba el queso en el bocata.

Cuando el «Gran Siggi» y la señora Sulte-Stratmann bostezaban ya sin miramientos, llegó por suerte el final de su «breve discurso de bienvenida», como él lo llamó.

—Sé que estabais muy ilusionados con esta excursión —dijo—. Y estoy seguro de que ahora estáis tristes de ver tan enfermos a vuestros profesores. Por eso, se me ha ocurrido daros una sorpresa.

La señora Sulte-Stratmann y el «Gran Siggi» se

miraron interrogándose uno a otro. Así que ellos no tenían ni idea...

Me preguntaba qué clase de sorpresa se le podría ocurrir al Director más aburrido del mundo.

—Ayer averigüé gracias a un lugareño, que por cierto me recibió con mucha amabilidad, que en el pueblo vecino hay un museo de cacerolas. Imaginaos: tienen expuestos recipientes de cocina con una anti-

güedad de más de tres mil años. Estoy seguro de que será muy interesante. Nada más terminar de desayunar, iremos juntos a visitarlo. ¿Qué os parece?

La sorpresa le iba como anillo al dedo.

Al ver que nuestro entusiasmo era más bien escaso, se sentó por fin y al menos nos pudimos comer nuestros bocadillos.

—¡Eh, tíos, eh! —dijo Fede, bastante enfadado, de camino al autobús—. ¡Un museo de cacerolas! Es típico de él. ¡Me gustaría saber qué lugareño le ha dado el soplo!

—Ha debido de ser Willi, el jardinero —contesté—. Ayer escuché que él iría a recoger al Director a la estación.

—En ese caso aún nos podemos dar con un canto en los dientes de que no nos arrastre a visitar el museo del cortacésped —opinó Estefi.

Yo tenía la cabeza en cosas bien distintas.

—La verdad es que había planeado para esa mañana la visita a los profesores enfermos. Esperaba que al menos volviéramos para la hora de comer.

El museo de cacerolas fue tan interesante como

nos lo habíamos imaginado. Me pregunté a quién se le habría ocurrido abrir algo así al público. Debió de ser alguien que odiara a los alumnos. La única ventaja del museo fue lo pequeño que era. Por eso, tal como yo deseaba, estuvimos de vuelta para la hora de comer.

Durante la hora de la siesta, las condiciones para nuestra visita a los enfermos eran las más propicias. Nicole se había retirado a su habitación con su *walkman* y los Bad Boys estaban jugueteando con sus *Gameboys.* Eso pudimos oírlo a través de la puerta.

Cuando llegamos a la fortaleza, Estefi ya nos estaba esperando. Sigilosamente subimos las escaleras e inspeccionamos a nuestro alrededor. Nos encontramos ante un pasillo largo con una serie de puertas que daban a las diferentes habitaciones.

—¿En qué habitación están? —preguntó Rabanito.

Siempre que mis colaboradores no saben cómo seguir me preguntan a mí. ¡Pero yo tampoco soy ningún adivino!

—¿Cómo quieres que yo lo sepa? —refunfuñé—. Tendremos que ir probando.

—¿Y si nos equivocamos de puerta y en la habitación hay otra persona dentro?

—Bueno, tampoco creo que pase nada —opinó Estefi—. Al fin y al cabo no es ningún delito que queramos visitar a nuestros profesores enfermos.

—¡Eh, tíos, eh! —exclamó nuestro experto en perros—. Podríamos dejar que Precioso encontrara su pista.

Desde que la tarde anterior tuvo que entregárselo, con todo el dolor de su corazón, a Daniela y a Natalia, si por él fuera se habría llevado a su peludo amigo a todas partes.

—¡Qué va! Probamos así y ya está.

Primero pegamos las orejas sobre las puertas. Tras la tercera puerta escuchamos un leve quejido. Llamamos y percibimos un débil:

—Adelante.

—¡Ésa es la señora Rotkehl! —murmuró Estefi—. ¡Reconocería esa voz entre miles!

Nuestra profesora de Música estaba tumbada en una cama viejísima, rodeada de muebles viejísimos y tenía un aspecto verdaderamente lamentable. Sobre una mesilla de noche algo destartalada, se encontraba un frasco de medicina y un vaso de agua, y sobre su regazo, un libro sobre Mozart. Nos miraba con ojos tristes.

—Chicos, ¿qué hacéis vosotros aquí? —nos preguntó con voz débil, estirándose la manta hasta la barbilla.

—Sólo queríamos visitarla —dijo Estefi radiante—. Como está enferma..., seguro que se aburre.

En la cara amarillenta de la señora Rotkehl apareció una fugaz sonrisa.

—Eso es muy amable de vuestra parte. Siento no poderos ofrecer asiento. Aquí sólo hay una silla.

—No importa —dije—. Estamos bien de pie.

—¿Cómo se encuentra? —preguntó Rabanito, preocupado.

—Ay, pues ya lo veis. No muy bien. Pero el médico ha dicho que en un par de días me habré repuesto.

Yo fui enseguida al grano.

—¿Ha descubierto ya a qué se debió que anoche se pusiera tan mala con la comida?

—¡Comida! —gimió la señora Rotkehl mirando de reojo un cubo de plástico que había al lado de su cama—. ¡Ni se te ocurra hablarme de comida!

—¡Perdón! —murmuré esperando que su estómago aguantase hasta que nos hubiéramos ido de su habitación.

—Tal vez haya co..., eh, quiero decir, haya ingerido usted algo que le haya sentado mal, ¿no?

La señora Rotkehl movió débilmente su cabeza.

—No, yo misma me he hecho esa pregunta mil veces, pero no se me ocurre nada. A lo mejor es un virus o algo así, aunque el médico dice que es una indigestión normal y corriente.

—¡Eh, tía, eh! ¿Es que no ha comido absolutamente nada?

La señora Rotkehl se estremeció y se puso la mano ante la boca. Yo castigué a mi colaborador con una severa mirada.

—Claro que sí, igual que todos, aquí en la fortaleza; y además de eso, tomé una manzana, una zanahoria, dos tomates y dos naranjas exprimidas. Pero todo estaba en perfectas condiciones.

Saqué mi libreta de notas y apunté todo. Así podríamos compararlo con lo que nos dijera «el guapo de Gerardo».

Como ya habíamos descubierto lo que queríamos saber, nos podríamos haber ido, pero nos quedamos un rato más con nuestra profesora y le contamos cosas sobre la visita tan interesante que habíamos realizado al museo de cacerolas. Finalmente le preguntamos si sabía en qué habitación estaba el señor Brinkmann.

—Justo aquí al lado. Si vais a visitarle a él también, decidle que por favor baje la radio. De verdad que me molesta muchísimo. O tal vez pueda al menos poner una emisora de música clásica.

Se lo prometimos.

Al encontrarnos por fin nuevamente en el pasillo, me sentí francamente aliviado. La cara de la señora Rotkehl se había vuelto visiblemente más amarilla durante nuestra visita.

—No me puedo creer que se haya puesto mala con esa comida de conejos —opinó Estefi.

—No extraigamos conclusiones prematuras

—advertí a nuestra experta en informática—. Vamos a oír primero lo que nos tiene que contar «el guapo de Gerardo».

El «¡adelante!» que escuchamos tras haber llamado a su puerta sonó bastante más fuerte que el de la señora Rotkehl.

Aunque su habitación estaba igualmente repleta de viejos muebles, el señor Brinkmann se lo había montado más acogedor que su colega. Encima de la

mesilla de noche había una radio, de la que procedía una acelerada música de rock de los años sesenta. El suelo estaba sembrado por todas partes de libros; por lo que pude comprobar, la mayoría eran novelas policíacas. En una mano sostenía una bolsa de patatas fritas y en la otra un vaso con un líquido amarillento. No pude reconocer si se trataba de zumo de manzana o de vino blanco.

—¡Vaya! —exclamó «el guapo de Gerardo» alegremente al vernos—. ¡Los súbditos se dignan a hacerle una visita de cortesía al Rey! ¿Queréis saber cuánto me queda?

Ése era él. Siempre preparado con uno de sus chistes y siempre a costa de nosotros.

—No —comenzó esta vez Rabanito—. Sólo queríamos visitarle y preguntarle qué tal está.

—¡Pues ya lo veis! ¡Estoy estupendamente! ¿Y sabéis por qué? He pasado dos días sin alumnos. Aun así me alegro de que vengáis a verme. Así me voy poniendo nuevamente en situación.

—Entonces, ¿ya se ha curado usted de su indigestión? —le preguntó Estefi.

171

«El guapo de Gerardo» asintió.

—Así es. Mañana vuelvo a primera fila. Así nuestro querido Director podrá volver a casa. Conociéndoos, seguro que eso os entristecerá muchísimo, ¿verdad?

Yo no entré al trapo de su comentario. Lo más probable es que nos quisiera sonsacar algún comentario espontáneo que luego pudiera utilizar en nuestra contra en la clase de *Mates*.

—¿Sabe usted ya por qué se ha puesto enfermo? —le pregunté a cambio.

El señor Brinkmann se encogió de hombros.

—Ni idea. A lo mejor ha sido una gripe intestinal o algo que he comido que no me haya sentado bien.

¡Ésa era la señal!

—¿Y qué es lo que había comido? Quiero decir… aparte de lo que comimos todos.

—¡Oh, pues un montón! Y pensándolo bien, todo en su conjunto podría haber sido la causa de mis pequeñas e involuntarias vacaciones.

—¿Qué exactamente? —preguntó Fede muy directo.

—Sois bastante cotillas, ¿no? —sonrió «el guapo de Gerardo»—. Aquí en la fortaleza sólo he cenado una vez y he desayunado media. El día de nuestra partida también desayuné completamente normal: huevos con bacón. Más tarde, en la estación, me concedí una salchicha al curry. Por la tarde la señora Waldburg me consiguió un buen trozo de tarta de nata. Sí, y antes del desayuno del día siguiente no comí nada... aparte de dos pequeñas barras de chocolate.

—¡Eh, tío, eh! —se le escapó a Fede—. Pues eso sí que es un montón.

—¿Ah, sí? ¿Eso te parece? —preguntó el señor Brinkmann guiñándole un ojo a Fede—. Puede ser, pero quien piensa mucho también tiene que comer mucho, ¿o no?

Al igual que con la señora Rotkehl, respetamos el protocolo también con «el guapo de Gerardo»; nos quedamos un rato más y dejamos que nos tomara el pelo.

—¡Bueno, tened mucho cuidado! —nos advirtió cuando nos disponíamos a salir de la habitación—. ¡No vaya a ser que mañana esté uno de vosotros en cama aquí!

—Jo, qué pesado —gruñó Estefi mientras caminábamos de vuelta a nuestro *bungalow*.

—Y además no ha servido para nada —sentenció Fede—. Con todo lo que se había metido «el guapo de Gerardo» en el cuerpo, a mí ya me habría dado una indigestión. Pero la señora Rotkehl ha comido cosas muy distintas.

—Depende de cómo se mire —dije—. Ahora sabemos al menos que su enfermedad no se debe a una casualidad por haber comido lo mismo. ¡De modo que sólo queda el envenenamiento!

—¡Te olvidas de la gastroenteritis! —me interrumpió Estefi—. Podrían haberse contagiado.

—¿Y de quién?

—No lo sé. Pero eso es más probable que tu envenenamiento.

—Yo también lo creo —añadió Rabanito—. ¿Por qué iba alguien querer envenenarlos? ¡Si no le han hecho nada a nadie!

—¿Y qué pasa con mi teoría de los celos? —dije para darles en qué pensar.

—¡Eh, tío, eh! ¡Como no pares ahora mismo

con eso, no vuelvo a hablar contigo ni una sola palabra!

Estoy seguro de que un buen día mis colaboradores también confiarán en mis instintos de detective. Pero hasta entonces aún queda un largo camino.

Poco después volví a encontrarme frente a un nuevo desafío.

La teoría del envenenamiento se cobró una tercera víctima. Ocurrió durante la cena y, esta vez, le tocó precisamente a nuestro Director.

8
Para resolver un caso, hay que arriesgarse

A estas alturas ya habíamos adquirido cierta experiencia en el tema de las indisposiciones de nuestros profesores. Así que pude observar con mucha precisión las distintas fases por las que pasó nuestro Director, y descubrí que, aunque los síntomas eran parecidos, mostraban pequeñas diferencias.

Mientras que en el caso del «guapo de Gerardo» todo había empezado con un ruido, en el de la señora Rotkehl había sido la voz la que de repente se perdió.

Al igual que a ella, a nuestro Director le tocó mientras estaba de pie. Sólo que él no estaba cantando, sino soltándonos un discurso, como siempre. Aunque a él, por desgracia, no le falló la voz, sino que de repente empezó a decir incongruencias y a mezclarlo todo. Como no le estaba escuchando nadie, al principio pasó desapercibido, pero luego la cosa se volvió tan grave que fue imposible no notarlo:

—Con la dedicación que vuestros profesores siempre manifiestan… ¡Oh, Dios mío, oh, Dios mío!… Yo también cumplí (pero qué es esto), eso os lo puedo asegurar ahora con toda firmeza… Vaya, qué mal me encuentro…, yo...

Finalmente se interrumpió en mitad de la frase y ocurrió lo que todos nosotros ya conocíamos: cara pálida, cara verdosa, labios azules y temblorosos, ma-

no sobre el estómago, mano delante de la boca y retirada al servicio.

Con cada profesor que se iba retirando de ese modo del comedor, se iba reduciendo el tiempo de silencio de consternación y a cambio aumentaba el bullicio que le seguía.

El «Gran Siggi» pegó con el puño sobre la mesa de tal modo que nuestros cuencos de postre dieron un pequeño brinco.

—¡Ya me he hartado! —vociferó—. ¿Pero qué clase de excursión es ésta? ¡Al final me voy a quedar aquí solo!

—Bueno, compañero, que yo también me encuentro todavía bien…

—¡Pues menos mal! ¡Ya sólo me faltaba eso!… ¡Silencio! ¡He dicho que os calléis!

Yo era probablemente el único de la sala que no participaba del generalizado cacareo y griterío. Incluso mis colaboradores no paraban de piar, con cierto regocijo por la suerte corrida por nuestro aburrido Director.

Mi cerebro trabajaba a una velocidad de vértigo, pero con la precisión de un reloj suizo. ¡Mi teoría del envenenamiento estaba demostrada! El director no había podido contagiarse en las pocas horas que llevaba aquí. Había tenido que ser envenenado. ¿Pero por quién?

La señora Sulte-Stratmann quedaba descartada como autora. A no ser que en lugar de los celos su motivación ahora fuera que ya no soportaba aquellos aburridos discursos. Los Bad Boys llevaban ya tres días sin ocuparse del servicio de cocina. La probabilidad de que los demás que habían estado de servicio en la cocina tuvieran algo que ver con aquello era muy remota. Quedaban pues los señores Waldburg. Ellos habían tenido más de una ocasión para mezclar el veneno entre la comida... No obstante, no tenían móvil, al menos ninguno que yo supiera. ¿Qué tal Tom y mi hermana? No, ellos tampoco tenían ni la ocasión ni el móvil. Miki ya estaba descartado de entrada; ése no era capaz de hacer esas cosas. Y de los profesores, sólo quedaban la señora Sulte-Stratmann y... ¡el «Gran Siggi»! ¿Cómo no se me había ocurrido antes?

—¿Y ahora qué hacemos? —dijo la señora Sulte-Stratmann interrumpiendo mis pensamientos.

El «Gran Siggi» movió la cabeza.

—No lo sé. No tengo ni idea. Lo primero que debo hacer es acallar a este alborotado gallinero. Después ya pensaremos en cómo vamos a continuar.

—¡Pues yo también empiezo a estar harta! —contestó la señora Sulte-Stratmann.

El «Gran Siggi» se levantó.

—¡Como no os calléis inmediatamente, mañana hacemos una caminata de diez kilómetros!

Eso bastó. El ruido se hizo medianamente soportable.

—Ahora, por favor, marchaos al centro social y entreteneros vosotros mismos. Nicole, Tom y Miki, vosotros os encargaréis de la supervisión de los juegos, y aseguraos de que no ocurra nada más. ¿Está claro?

Mi hermana asintió con tanta fuerza que casi se le escurren las gafas de la nariz.

Entre murmullos y el ruido de las sillas, se fue disolviendo la reunión. Me enfadé con los compañeros de mi clase. ¿Por qué se tenían que comportar siempre como energúmenos? Ahora ya no podría oír lo que hablaban la señora Sulte-Stratmann y el «Gran Siggi». Y eso sí que habría sido muy interesante.

En el centro social, continuó todo donde se había dejado en el comedor. Todos, incluso nuestros competidores, se habían reunido formando pequeños grupos y comentaban los acontecimientos de los últimos días. La mesa de pimpón y el balón, por los que en otro momento se peleaban a capa y espada, quedaron de lado. Yo estaba seguro de que a esas alturas ya nadie creía en una casualidad, ni siquiera mis colaboradores. Iba siendo hora de reunirse.

En un rincón alejado de los Bad Boys aún quedaban libres un par de sillas tranquilas. Allí nos sentamos. Nadie se fijaba en nosotros. Miki se había sentado en un rincón y miraba ausente por la ventana. ¿Estaría pensando en su discusión con el señor Waldburg? Nicole se paseaba altiva por la sala, como si fuera un soldado de guardia, echándole de vez en cuando una miradita de reojo a Miki, mientras Tom la observaba con expresión muy seria.

—No sé —suspiró Estefi—. Todavía no puedo creerlo. ¡Todo esto no tiene sentido!

—¡Eh, tíos, eh! ¡Tal vez sea una enfermedad nueva y misteriosa que únicamente ataca a los profesores!

Estefi levantó las cejas.

—¿Quieres decir algo así como una «epidemia del profesor»?

¡Que no se les ocurriera a Estefi, Fede y Rabanito volver a decirme que estoy chiflado!

—¡Hombre, eso aún es menos probable que mi teoría del envenenamiento!

—O se trata de un loco —opinó Rabanito—. A mucha gente se le va la olla de repente. ¿Por qué no iba a haber uno que se dedique a envenenar a profesores?

—¿Crees que alguien quiere exterminar a los profesores? —exclamó Fede—. ¡Eh, tíos, eh! ¿Podéis imaginaros un mundo sin profesores?

—¡Pues claro que puedo! —dijo Rabanito encantado—. ¡No más *Mates!*

—¡Eh, tíos, eh! Y todos los días podríamos dormir a pierna suelta y después yo jugaría todo el día con Precioso.

—Y yo tendría mucho más tiempo para mi ordenador —dijo incluso Estefi con una mirada soñadora.

Tengo que reconocer que a mí también me resultaba muy atractiva la idea de un mundo sin profesores. Pero enseguida volvió a salir a flote mi conciencia detectivesca. ¡Incluso ese delito tenía que ser resuelto!

—Volvamos a la cruda realidad —dije sacando a mis colaboradores de sus sueños—. Detrás de todo esto puede que no se esconda la mano de un loco, sino un plan elaborado minuciosamente hace tiempo.

Rabanito se me quedó mirando con los ojos muy abiertos.

—¿Quieres decir premeditado a largo plazo y todo eso?

—Tú lo has dicho, socio. Podría ser que desde un principio el autor hubiera estado interesado en el Director y que lo del «guapo de Gerardo» y la señora Rotkehl sólo haya servido para disimular su verdadera pretensión y para conseguir que el Director viniera aquí.

—Vamos a ver, ¿pero por qué iba alguien querer eliminar al Director, como tú dices?

—¡Está claro! ¡Para ocupar su puesto! Y el único que podría acceder a él es el «Gran Siggi».

—¡Tú no estás bien de la cabeza! —exclamó Estefi—. ¿Nuestro tutor?

—¿Por qué no? —le contesté—. ¿Acaso crees que no sería capaz?

Estefi se me quedó mirando unos instantes.

—Bueeeeno —dijo finalmente estirando la palabra—. A veces puede resultar bastante duro.

—¡Eh, tíos, eh! ¿Os acordáis de aquel dictado con los miles de extranjerismos? —preguntó Fede—. Y sólo porque habíamos sido un poco más ruidosos de lo normal.

¡Como para no acordarse!

—Hay que tener en cuenta que ya es algo mayor… Si se dedica únicamente a esperar a que se jubile el actual Director para que le den el puesto a él, no se lo llegarán a dar nunca. Quién sabe, tal vez la señora Sulte-Stratmann le haya ayudado a hacerlo. Yo mismo vi cómo ponía los ojos en blanco cuando el Director nos soltaba sus aburridos discursos.

—¡Eh, tío, eh! ¡Pero si eso lo hacíamos todos!

Estefi movió la cabeza.

—Aunque fuese verdad lo que estás diciendo, al «Gran Siggi» sólo le beneficiaría si el Director ya no volviese nunca.

—¿Quieres decir, si él...? —Rabanito se estremeció.

Yo bajé la voz.

—A lo mejor, al Director le ha echado una dosis mucho más fuerte que al «guapo de Gerardo» y a la señora Rotkehl.

—¡Eh, tío, eh!

—¿Cómo piensas demostrar eso? —preguntó Rabanito con voz temblorosa.

—Lo más importante es encontrar el arma del delito —le expliqué—. En nuestro caso es, naturalmente, el veneno. Y apuesto a que aún sigue en el lugar del crimen, o sea, en la cocina.

Estefi agudizó el oído.

—¿No querrás ir...?

—¡Al lugar del crimen! —añadí—. ¡Claro que quiero ir! ¿Cómo vamos a demostrarlo si no?

—¿A escondidas? —preguntó Rabanito en voz baja.

—Preguntar si nos dejan no creo que tenga mucho sentido —le contesté—. Porque no nos lo van a permitir.

—¿Y cuándo quieres hacerlo? —preguntó Estefi.

—¿Por qué no ahora mismo? Es el mejor momento. Cuando vengan el «Gran Siggi» y la señora Sulte-Stratmann estarán todos aquí. Entonces podremos ir tranquilamente a la cocina y buscar el veneno.

—¿Y los Waldburg? —preguntó Rabanito.

—Siempre hay un pequeño riesgo. Pero tendremos cuidado.

—¡Eh, tíos, eh! ¡Nos llevaremos a Precioso! Él podrá rastrear el veneno.

Mis esperanzas en ese sentido eran más bien escasas, pero estuve de acuerdo. Tampoco sobraba. Además, ya que mis colaboradores me acompañarían en una misión peligrosa, tenía que ser condescendiente con ellos.

Cuando el «Gran Siggi» y la señora Sulte-Stratmann llegaron al centro social, se les notaba que habían maquinado algo. ¿Otra víctima?

—Todos sabéis lo que ha pasado —comenzó nuestro tutor—. Ahora ya son tres los profesores que están de baja por enfermedad. Ya no hay duda de que sufren una enfermedad contagiosa aunque el médico diga lo contrario.

¡Enfermedad! Nos toma por tontos, ¿o qué? Sin saberlo, nuestro tutor se estaba haciendo cada vez más sospechoso.

—Dejando a un lado el hecho de que ya no podemos cumplir con la supervisión —continuó diciendo el «Gran Siggi»—, existe la posibilidad de que nos podamos contagiar más personas y nos pongamos enfermos. Por eso, aun sintiéndolo mucho, suspenderemos la excursión y mañana volveremos a casa.

Es realmente increíble el ruido que treinta y seis alumnos son capaces de armar. Ni siquiera habría sido capaz de identificar en muchos de ellos si se trataba de llanto, de rabia o de alegría. Lo único que sí sabía con certeza era cómo se sentía Nicole. Lo llevaba escrito en la cara. Creo que de buena gana se habría echado a llorar. A la mañana siguiente sería bruscamente separada de su amado Miki.

En cambio Tom parecía alegrarse. Pronto volvería a tener a Nicole solamente para él. Pero lo que más me sorprendió fue que Miki también parecía triste por nuestra repentina partida.

Sin embargo yo tenía ahora otras cosas en las que pensar. Poco a poco se nos iba echando el tiempo encima.

—¡Qué plan más diabólico! —le susurré a Estefi—. Quiere largarse antes de que alguien le descubra.

—¿Y la señora Sulte-Stratmann le sigue el juego?

—No lo sé. Aún no estoy seguro de si ella realmente no tiene ni idea o si está compinchada con él —dije en voz baja para que Fede no me pudiera oír.

Claro que no tuve que esforzarme mucho, ya que los gritos, enfados y jolgorios no encontraban su fin. A juzgar por el color de cara del «Gran Siggi», éste estaba a punto de explotar. ¿Acaso temía que una re-vuelta estudiantil le pudiera estropear sus planes?

Por fin la señora Sulte-Stratmann consiguió im-ponerse para que la escucharan.

—¡Pero bueno, queréis calmaros! —exclamó—. Todo esto es una pena, desde luego que sí, pero tam-poco es para ponerse así. Además, el señor Schlüter y yo hemos pensado en una pequeña compensación.

¡De modo que íbamos a recibir un premio de consolación! ¿Tal vez un par de días sin *cole?* Pensé si todo aquello no sería sino una nueva táctica para des-pistar. Por fin, el griterío bajó de volumen y todos es-peramos con expectación la propuesta de nuestros profesores.

—Aún no sabemos lo que haremos —continuó diciendo la señora Sulte-Stratmann—. A lo mejor va-mos todos juntos a nadar, o al cine, o al teatro. ¡Pero sea lo que sea, será algo que os divierta!

—¡Oh, sí! —gritó alguien—. ¡Vamos otra vez al museo de cacerolas!

La señora Sulte-Stratmann levantó las manos hasta que las risas se fueron calmando.

—¡Pero sólo lo haremos si ahora os comportáis como es debido! ¡De momento podéis quedaros aquí una hora más y después os iréis a dormir!

—¡Eh, tío, eh! —me susurró Fede—. ¿A que lo ha hecho bien? Otro profesor no lo habría conseguido en la vida. ¡Estoy seguro de que ella no tiene nada que ver con este asunto!

Era posible que tuviera razón, pero lo cierto era que él lo veía desde un punto de vista un tanto sonrosado. Además, yo tenía otras preocupaciones. Si volvíamos a la mañana siguiente a casa, nos quedaba únicamente aquella noche para resolver los envenenamientos. No había más remedio que encontrar el veneno en la cocina entonces o, de lo contrario, no tendríamos ninguna oportunidad.

Mis instrucciones para mis colaboradores fueron precisas y claras:

—¡Esperaremos diez minutos más y luego en marcha! Y por lo que más queráis, pasad desapercibidos.

—¡Eh, tío, eh! Primero vamos a nuestra habitación a recoger a Precioso.

Diez minutos exactos más tarde, estábamos frente al centro social. Nos habíamos podido escaquear sin ningún problema y sin ser vistos. Nos vino muy bien que Nicole, Miki y Tom estuvieran muy ocupados consigo mismos y que el «Gran Siggi» y la señora Sulte-Stratmann estuvieran entretenidos ojeando los libros que había en una pequeña habitación contigua a la sala de recreo.

Precioso se puso loco de contento al vernos, casi tanto como Fede. La verdad es que no nos habíamos ocupado mucho de él y sin embargo él se había portado muy bien. Antes de marcharnos lo tranquilizamos un poco con unas cuantas galletas para perros. Fede lo cogió en brazos, como siempre. Parecía intuir que algo emocionante estaba a punto de suceder, porque durante todo el camino, desde el *bungalow* a la fortaleza, no dejó de silbar.

Pero en cuanto llegamos a la puerta de entrada, nuestra misión estuvo a punto de acabar allí mismo. ¡La puerta estaba cerrada!

—¿Y ahora qué hacemos? —preguntó Fede—. ¡Porque la puerta no la podemos forzar!

—¡Claro que no! —le contesté—. Se nos tendrá que ocurrir alguna otra cosa.

—¿Y si nos vamos otra vez? —preguntó Rabanito.

—¡Ni hablar! ¿Es que te quieres dar ya por vencido? Si ni siquiera hemos empezado aún. ¡Ésta es nuestra última oportunidad! Si no encontramos el veneno, tampoco podremos demostrar nada.

—Podríamos comprobar si hay alguna ventana abierta por la que poder colarnos —propuso precisamente Estefi.

En la tercera ventana tuvimos suerte. Se podía abrir lo suficiente como para que todos cupiéramos por ella, incluso Fede. Además, tuvimos suerte de que no estaba muy alta, de modo que no hizo falta organizar ninguna escalada para llegar hasta ella.

No tardamos ni un minuto en encontrarnos en el comedor. Estaba más oscuro que la boca del lobo. Me dio rabia haberme dejado mi linterna en casa. Pero después de unos minutos nuestros ojos ya se habían acostumbrado de tal manera a la oscuridad, que pudimos cruzar el comedor hacia la cocina sin tropezar con las mesas y las sillas.

—Esto es un poco siniestro, ¿no? —susurró Rabanito.

—¡Ni que lo digas! —le contestó Estefi susurrando también—. ¡Seguro que el fantasma no tardará en aparecer! ¡Uhuhu!

—¡Dejaos de tonterías! —les corté severamente—. ¿O es que queréis que nos oigan los Waldburg? Su piso está un par de puertas más allá.

Sin más interrupciones llegamos a la cocina. Pero allí todo estaba aún más oscuro que en el comedor.

—¿Por qué no encendemos la luz? —propuso Fede—. La cocina da a la parte de atrás. Seguro que a estas horas ya no hay nadie por ahí.

Seguimos la sugerencia de nuestro cuidador de perros y, después de acostumbrarnos a golpe de parpadeo a la repentina claridad, empezamos a echar un vistazo a nuestro alrededor.

—Parece una cocina normal y corriente —dijo Rabanito defraudado.

—¡Eh, tío, eh! ¿Qué esperabas? ¿Una chimenea con una cacerola de bruja colgando sobre el fuego, en la que borbotease una pócima verde, con olor a azufre?

Con un movimiento de mano enérgico hice callar a Fede.

—¿Dónde podría estar escondido el veneno? Buscad un armario pequeño, tal vez tenga una cerradura o algo así. No creo que dejen eso por aquí a la vista.

—¡Eh, tíos, eh! Deberíamos dejar que lo buscara Precioso.

Lo dicho, no confío demasiado en nuestro perro detective, pero no quise desilusionar a Fede.

—De acuerdo, pero colaboramos todos. Ponlo en el suelo y deja que olfatee. A lo mejor hasta tenemos suerte.

Fede se agachó y dejó a Precioso suavemente sobre el suelo de piedra de la cocina.

—¡Busca, pequeñín! —le susurró en su media oreja—. ¡Busca el veneno malo!

Por un instante pensé que con Precioso había

ocurrido un milagro. ¡Empezó a mover el rabo y realmente se puso en movimiento! ¡Conmigo no había hecho eso cuando vi aquella oscura figura en las murallas de la fortaleza! Dejamos de buscar y, expectantes, perseguimos a Precioso con nuestras miradas. Como atraído por un imán, atravesó la cocina hasta pararse delante de una gran puerta metálica, moviendo el rabo y gimoteando. Enseguida me di cuenta de que estaba asegurada con una gran cerradura. ¡Tras esa puerta tenía que estar el veneno! Salimos corriendo hacia la puerta prácticamente a la vez y zarandeamos la manecilla.

—¡Mierda! —se me escapó en voz baja—. Está cerrada con llave. ¿Rompemos la cerradura? ¡Seguro que ahí dentro está el veneno!

Rabanito y Fede asintieron.

—Desde luego, los chicos os llevaríais cualquier premio al más tonto sin proponéroslo siquiera —dijo Estefi—. ¡Mirad lo que cuelga de ahí!

Señalaba a la pared junto a la puerta. Había un llavero colgado. Con Estefi no se puede uno permitir ni el más mínimo fallo sin que en el acto se suba a la parra.

Cogí las llaves del gancho sin mediar palabra y probé una tras de otra. Mi ojo clínico no tardó en encontrar la llave correcta. Mi corazón se aceleró cuando la llave giró en la cerradura. Pronto estaríamos mucho más cerca de descubrir «el caso de la misteriosa epidemia del profesor». Lo presentía.

La puerta se abrió sin un solo ruido. La luz de la cocina iluminaba la pequeña cámara. Cuando reconocí lo que se encontraba ante nuestros ojos, hubiera gritado. ¡Era la despensa! ¡Y en el centro había colgados por lo menos diez salchichones y un par de jamones!

—¡Conque veneno! —exclamó Rabanito—. ¡Lo que ha olido Precioso ha sido el embutido!

Como si quisiera reafirmar lo que Rabanito acababa de decir, Precioso se escabulló entre nuestras piernas y entró en la cámara. Aunque los embutidos no estaban colgados muy altos, para él seguían siendo inalcanzables. Saltaba como un poseso, intentando enganchar uno de los salchichones mientras continuaba gimoteando. Cuando se convenció de que no podría llegar a ellos, empezó a silbar, e incluso a ladrar.

—¡Eh, tío, eh! ¡Precioso, bicho estúpido! ¡No armes tanto jaleo! —exclamó Fede.

Se acercó e intentó coger en brazos a nuestro comilón amigo. Pero Precioso optó por ponerse en contra de su amo y a favor de los salchichones. Se defendía con todas sus fuerzas haciendo cada vez más ruido.

Rabanito, Estefi y yo acudimos en ayuda de nuestro cuidador de perros. Pero Precioso era más rápido y más habilidoso de lo que pensábamos. Continuamente se nos escapaba. Antes de que nos diéramos cuenta, estábamos enzarzados en un toma y dale de manos y patas. ¿Por qué no se comportará así durante mis horas de entrenamiento, aunque sólo fuera una vez?

La situación se iba poniendo cada vez más peligrosa. Ya no era únicamente que Precioso cada vez silbaba, gimoteaba y ladraba más fuerte, sino que nosotros también nos volvíamos cada vez más descuidados. Finalmente empujé sin querer a Fede, y éste tropezó con un leve grito contra una de las estanterías. En el mismo momento en que caía al suelo de piedra, con gran estruendo, toda una torre de cacerolas, se abrió bruscamente la puerta que daba al comedor y los Waldburg entraron corriendo.

9
Tu perro es tu mejor amigo

Los «padres del albergue» debían de estar ya en la cama o a punto de irse a dormir; la cuestión es que los dos iban en camisón. De los cabellos de la señora Waldburg colgaban unos cuantos rulos. La verdad es que tenía una pinta muy graciosa, pero en aquellos momentos no estábamos para echarnos a reír.

—¿Qué estáis haciendo aquí? —nos gritó el señor Waldburg—. ¿Es que la juventud está ya tan podrida que hasta sale por las noches a robar?

—Señor Waldburg, nosotros no queríamos robar nada —exclamó Rabanito—. ¡Se lo prometo!

—¡Eso se lo contáis a vuestro profesor! —dijo la señora Waldburg.

Antes de tener ni siquiera la más mínima posibilidad de defendernos, se volvió a abrir bruscamente la puerta que daba al comedor. Ahí estaba el «Gran

Siggi». Pero no sólo él. La señora Sulte-Stratmann, Nicole, Miki, Tom y todos los demás también habían venido. Estaba claro que ninguno se quería perder el espectáculo. Yo sólo pensé: «Tierra, trágame». Pero conociendo al «Gran Siggi» me habría vuelto a sacar de allí rápidamente.

—¡Vosotros otra vez! Me lo tenía que haber figurado. ¡Y seguro que tú, Charly, estás detrás de todo esto, como siempre!

—Señor Schlüter, ¿por qué yo? —exclamé mientras ayudaba a Estefi y a Rabanito a recoger las cacerolas.

Por suerte Fede había conseguido atrapar a Precioso.

—¡Adivina! ¡Porque donde quiera que ocurran cosas descabelladas, tú estás metido en el ajo!

—¡Pero esta vez fue idea mía! —me defendió Fede, ¡un verdadero amigo!

—¡Sea como sea, quiero saber inmediatamente por qué habéis cometido un allanamiento de morada para entrar en la cocina!

—¿Allanamiento de morada? —exclamé horrorizado—. ¡Pero si nosotros no hemos hecho nada de eso!

—¿Ah no? ¿Y cómo lo llamarías tú, si alguien entra en mitad de la noche por una ventana a un edificio? De modo que ¡soltadlo ya!, ¿a qué viene todo esto?

Todos los ojos me miraban a mí. No sabía qué era peor, si las furiosas miradas de los profesores y los Waldburg, las sonrientes caras de satisfacción de los Bad Boys, o que el resto de los compañeros de mi clase nos miraran como si fuéramos monos de feria. En mi cabeza se tropezaban las ideas a una velocidad de relámpago. ¿Debía desvelarles el verdadero motivo de nuestra operación? Pero entonces el «Gran Siggi» sabría que le estaba acusando y entonces él podría decidir quitarme a mí del medio. Además, mis pruebas contra él aún no eran concluyentes. De modo que decidí que necesitaba rápidamente una excusa.

Mientras que yo aún contrastaba las distintas posibilidades, Estefi entró en acción. Un detective no sabe lo buenos que son sus colaboradores hasta que se encuentran en una situación difícil.

—¡Señor Schlüter, ha sido por Precioso!

—¿Por el perro? —preguntó el «Gran Siggi» estupefacto.

—Sí —mintió nuestra experta en ordenadores—. Ya no nos quedaba comida para él. No trajimos suficiente y, ¡él tenía mucha hambre! Así que quisimos venir a buscarle algo. ¡Es que nos daba tanta pena!…

El «Gran Siggi» miró a Precioso, que estaba silbando y temblando en brazos de Fede, y ladeó un poco la cabeza.

—¿Y me tengo que creer eso?

—Pues yo sí que creo que dice la verdad —se metió de repente la señora Waldburg—. Mire cómo tiembla el pequeño. Seguro que tiene miedo.

—¡Y hambre! —exclamó Fede.

Lo de Precioso es extraño. Siempre que le necesitamos, se comporta de forma que termina ayudándonos. A veces me gustaría saber lo que pasa por su pequeña cabeza perruna.

La señora Waldburg se inclinó hacia Precioso y le acarició la cabeza. Agradecido, nuestro perro la miró un poco más apesadumbrado y lanzó un silencioso y quejoso silbido.

—¡Observe! —le dijo la señora Waldburg al «Gran Siggi»—, se lo demostraré.

Entró en la tan batallada despensa, cogió un cuchillo peligrosamente largo y cortó una gruesa loncha de salchichón. Luego se la ofreció a Precioso. Éste se lanzó a por ella como si hiciera semanas que no comía, mientras que su rabo se movía en círculos como si fuera el aspa de un helicóptero.

—¿Lo ve? —dijo la señora Waldburg en tono triunfal—. ¡El pobre tenía hambre!

—Bueno —opinó el «Gran Siggi»—, ya me gustaría ver a mí al perro que no se lanzaría a por un trozo de embutido.

La señora Waldburg levantó las cejas.

—A usted no parece que le gusten los animales, ¿verdad?

El «Gran Siggi» se estremeció.

—No…, quiero decir, sí. Claro que me gustan los animales. ¡Mis hijos tienen un hámster!

—Bien, en ese caso... —dijo la señora Waldburg

reconciliadora—, deberíamos dejar las cosas como están e irnos a la cama. Al fin y al cabo ya hemos pasado bastante en los últimos días.

—Sí, vámonos a la cama. Eso es lo que vamos a hacer —contestó el «Gran Siggi» como si fuera un niño pequeño.

Probablemente se alegraba de que no hubiéramos encontrado el veneno. La verdad es que parecía atacado de los nervios. Posiblemente era debido al miedo de ser descubierto, concluí atando cabos.

—Bueno, se acabó la función —dijo la señora Sulte-Stratmann tomando el mando—. Os vais a ir sin más demora a vuestros *bungalows* y, ¡dentro de media hora os quiero a todos en la cama!

Mientras que la reunión se iba disolviendo lentamente, algunos aún hicieron un par de comentarios, pero por lo demás transcurrió todo muy tranquilo. Creo que la mayoría estaba deseando pillar la cama.

Eso también iba por el «Gran Siggi».

—Y vosotros también os largáis a la cama —dijo cansado dirigiéndose a nosotros—. ¡Y por lo que más queráis, llevaos a vuestro perro!

Cuando salíamos, miré de soslayo a Nicole. Hasta ese momento no me había dado cuenta de que ella no había abierto la boca. Normalmente se habría pasado horas dándome la matraca. Tal vez fuera porque Miki había estado a su lado hablando con ella, mientras que nosotros luchábamos con el «Gran Siggi» por nuestra supervivencia.

Yo estaba muy decepcionado, y muy cansado.

No habíamos encontrado el veneno que hubiera demostrado mi teoría. Y aunque estaba prácticamente seguro de lo que había ocurrido en realidad, no lo podía demostrar. Acontecimientos adversos habían hecho fracasar la resolución de mi, hasta ahora, más espectacular caso.

En cuanto me metí en la cama, caí en un sueño muy inquieto. Soñé cantidad de tonterías sin sentido, que terminaron por despertarme asustado. No tenía ni idea de la hora que era. Al comprobar en la oscuridad la hora de mi reloj de muñeca, me di cuenta de que sólo hacía media hora que me había acostado. Me sentía como si me hubieran pasado por la trituradora.

Justo me disponía a darme la vuelta para seguir durmiendo, cuando de repente me sobrecogieron unos ruidos sospechosos. Algo sonaba ante nuestra puerta. Instantáneamente me sentí despierto. Sin hacer ruido me incorporé y escuché en el silencio. No se oía nada.

Me bajé con mucho cuidado de la cama, me acerqué con sigilo a la puerta y pegué la oreja a ella. ¡Nada!

—¿Pasa algo? —le oí susurrar a Rabanito desde la oscuridad.

—No lo sé. He oído algo.

—¿El qué?

—Un ruido. Sonaba sospechoso.

—¡Eh, tíos, eh! ¿Ladrones? —o sea, que Fede también seguía despierto.

—Puede. Venga, vamos a comprobarlo.

—¿Que salgamos ahí afuera? —exclamó Rabanito en voz baja—. ¿Pero por qué?

—Porque un buen detective siempre llega al fondo de las cuestiones. Si quieres, podemos llevarnos a Precioso.

—¡De eso nada! Otra vez no, que con una vez ya he tenido bastante —Fede se levantó—. ¡Venga, Rabanito, muévete! Si permanecemos juntos no nos pasará nada. Además, tal vez sean los Bad Boys, que nos quieren hacer una jugarreta. Y si fuera así, tenemos que evitarlo.

Eso convenció a Rabanito. Cuidadosamente salió de la cama y vino hacia la puerta con nosotros. Lentamente iba bajando la manecilla de la puerta. Chirriando se abrió dando paso visual a la antesala.

—Ahí no hay nada —dijo Rabanito—. Vámonos otra vez a dormir.

Yo seguía inquieto. Mi instinto me decía que allí había algo.

—Enseguida. Pero primero déjanos comprobar rápidamente si de verdad no hay nadie.

Prácticamente sin emitir un solo ruido, nos deslizamos por la antesala, escuchamos en la puerta de la habitación de los Bad Boys y miramos en el cuarto de baño.

Yo ya me disponía a volver a nuestra habitación, cuando Fede descubrió algo.

—¡Eh, tíos, eh! ¡La puerta de Nicole está abierta! ¡Si ella normalmente siempre la cierra!

—Tienes razón. Vamos a comprobarlo. Ahí pasa algo.

Rabanito había puesto en marcha todos sus sistemas de seguridad.

—¿En la habitación de Nicole? Si entramos en su habitación seguro que se enfada.

—Yo iré delante —dije para tranquilizarle—. ¡Después de todo soy su hermano!

Con cuidado, centímetro a centímetro, fui abriendo la puerta que daba a la habitación de Nicole. Las cortinas de la ventana no estaban echadas. La luz de la luna iluminaba su cama. ¡Estaba vacía! Se podía ver perfectamente que ya la había utilizado.

—¡Eh, tíos, eh! ¡Ella no está!

—Pero, ¿dónde podrá estar? —dijo Rabanito todavía susurrando.

Me vino un pensamiento horrible. ¿Qué pasaba si ella también había sido envenenada? Tal vez le había sobrevenido la indisposición estando durmiendo. Azuzada por los dolores, había salido tambaleándose al exterior y ahora estaría tirada en alguna parte, completamente indefensa. Una idea aún más aterradora me hizo estremecer. ¿Habría descubierto al «Gran Siggi»? Quién sabe, a lo mejor el instinto de detective era hereditario. ¿Fue ésa la razón por la que antes había estado tan callada? Y ahora ella se había propuesto desenmascarar sola al «Gran Siggi». ¡Pero ella sola nunca podría con él! La verdad es que yo no me llevo nada bien con Nicole, pero ¡ella seguía siendo mi hermana!

—Vamos a salir a buscarla —dije decidido.

—¿Qué? —exclamó Fede demasiado alto.

—¡Cállate! —le reprendí—. ¿O es que quieres tener a los Bad Boys husmeando por aquí?

—¿Por qué la quieres buscar? —preguntó esta vez Rabanito—. A lo mejor sólo ha ido a dar un paseo.

—¿A estas horas?

Les expliqué a mis colaboradores mi sospecha. Sus miedos no tenían nada que hacer contra mi poder de convicción.

—¡Eh, tío, eh! ¡Por mí vale! ¡Pero a Precioso nos lo llevamos!

Ya quería protestar, cuando me acordé de la situación en la cocina. Quién sabe, tal vez podríamos necesitarle realmente.

—Está bien, pero, ¡rápido y en silencio! —le contesté.

Tan rápidos y tan silenciosos como pudimos, volvimos a nuestra habitación, nos enfundamos nuestras ropas y despertamos a Precioso. Éste no daba precisamente botes de alegría, pero al menos se mantuvo callado.

Por desgracia, eso no fue suficiente. En el mismo instante en que pasábamos sigilosamente por delante de la habitación de los Bad Boys, se abrió la puerta y Simón asomó la cabeza.

—¿Qué es lo que pasa? ¿Queréis volver a robar embutido para vuestro perro?

—¡Cierra el pico y vuelve a meterte en la cama! Esto no es asunto tuyo —le dije fastidiado.

—¡Que te lo has creído! Me vais a decir ahora mismo lo que pretendéis hacer, o despierto a tu hermana.

—¡Eh, tío, eh! ¡Pero si ella no está! —exclamó Fede, ese bocazas.

Simón se quedó petrificado.

—¿Que no está? ¿Y dónde está?

Una pregunta tan estúpida sólo podía proceder de los Bad Boys.

—Si lo supiéramos no estaríamos por aquí buscándola.

Simón abrió la puerta de par en par y encendió

la luz. Javier y Óliver se incorporaron asustados y con caras de sueño.

—¡Nosotros también vamos! ¡Venga, chicos! ¡A vestirse, que vamos a iniciar una búsqueda!

—Pero, ¿tú estás bien de la cabeza? —le grité—. Vosotros os quedáis donde estáis. ¡Se trata de mi hermana!

—Déjales —dijo Rabanito, intentando calmarme—. Lo más importante es que la encontremos y seis pares de ojos ven más que tres, ya que no podemos llamar a Estefi.

Aunque me costaba trabajo, tenía que darle la razón a Rabanito. A Estefi no la podíamos avisar. Hubiera sido demasiado arriesgado. Además, tampoco teníamos tiempo de seguir discutiendo con los Bad

Boys. Quién sabe lo que podía estar pasándole entre tanto a Nicole.

Escuetamente pusimos a Javier y Óliver al corriente. Sorprendentemente, comprendieron a la primera de lo que se trataba. Tan sólo unos minutos más tarde, todos estábamos frente a nuestro *bungalow*.

—Lo mejor será que nos separemos. Así las posibilidades de encontrarla serán mayores.

—Sí, yo también iba a proponer lo mismo —mintió Simón—. Bueno, primero iremos en esta dirección, todos a una distancia de diez metros.

Le dejé que disfrutara de su pequeño momento de protagonismo y lo hicimos tal como él había dicho.

No me había dado cuenta de lo grande que era el terreno hasta que tuvimos que rastrearlo metro a

metro. No me sentía nada bien en mi piel. Temía trope-
zarme de un momento a otro con el cuerpo sin vida de
mi hermana.

Llevábamos ya un buen rato buscando, cuando
de repente escuché algo tras un arbusto. Con el corazón en un puño me acerque a él. Con las manos tem-
blorosas separé las ramas.

¡Y allí estaba tumbada! La luna iluminaba su pálida cara.

10
A veces, es mejor no buscar a los desaparecidos

Aunque normalmente soy un detective curado de espanto, en aquella ocasión grité.

Miki se puso inmediatamente en pie, mientras mi hermana se me quedó mirando petrificada. ¡Así que finalmente había conseguido seducirle! No era muy difícil adivinar lo que esos dos estaban haciendo tras el arbusto. ¡Estaban besándose!

Mi mala suerte quiso que apenas a unos metros de mí estuviera Óliver. Atraído por mi grito espontáneo, no tardó más que unos segundos en estar a mi lado.

Por desgracia, no es tan tonto como para no darse cuenta de lo que estaba pasando ahí.

—¡Se estaban besando! —gritó como un poseso—. ¡Venid todos! ¡La hermana de Charly y Miki se están besando!

Se dio media vuelta y echó a correr, para asegurarse de que sus amigos no se perdían nada.

Como entretanto nos habíamos alejado bastante los unos de los otros repartiéndonos por el terreno, tuvo que gritar mucho. Lo que no pasó desapercibido y sin consecuencias. En los *bungalows* empezaron a encenderse las luces. Poco después comenzaron a aparecer en las puertas las primeras figuras adormiladas.

Miré a mi hermana a los ojos. Era verdadero terror lo que me transmitían. De repente sólo sentí lástima por ella.

—¡Venga! —les dije—. ¡Largaos antes de que os vea alguien!

Miki lo entendió enseguida. Tiró de mi hermana para levantarla y echaron a correr hacia la protectora oscuridad.

Lo consiguieron por los pelos, porque entonces se precipitó la mitad de mi clase hacia mí. Y en ese momento vi al «Gran Siggi». Mientras que los demás le adelantaban corriendo hacia mí, incluidos Rabanito y Fede, él se iba acercando lentamente. Me pareció que pasaba una eternidad hasta que al fin se postró frente a mí, rodeado de pijamas y camisones.

Llevaba un albornoz, alrededor del cual se había atado un cinturón anudado por encima de su barrigón. ¿Podía alguien con esa pinta planear una maquiavélica serie de envenenamientos?

—Esto no está pasando —bufaba—. ¡Dime que esto no está pasando!

—¿A qué se refiere, señor Schlüter? —preguntó Rabanito con la boca pequeña.

—¿Que a qué me refiero? —comenzó como un vendaval—. Vosotros vais por ahí en mitad de la noche como si fuerais fantasmas, alguien grita no se qué cosas incomprensibles, y ¿tú me preguntas que a qué me refiero?

Esta vez tuve que salir yo en defensa de mi colaborador.

—Señor Schlüter, es culpa mía.

—¡Charly, eso no era necesario que me lo dijeras! —me interrumpió el «Gran Siggi»—. Así que, a ver, ¿qué excusa tenéis esta vez? ¿Tenía vuestro perro que hacer pipí?

—No, es por mi hermana. Ella no estaba y empezamos a preocuparnos por ella. Así que volvimos a vestirnos y salimos a buscarla.

—Eso es verdad, señor Schlüter —dijo Óliver metiéndose por medio—. Y la hemos encontrado. Estaba besuqueándose... ¡con Miki!

—¿Que estaba qué? —preguntó la señora Sulte-Stratmann, que entretanto también había llegado.

Llevaba puesto un conjunto de pantalón de una tela brillante preciosa. Tenía un aspecto realmente espectacular. En cuanto Fede la vio, se le pusieron las orejas coloradas y los ojos brillantes.

—Estaba besuqueándose, ¡con Miki! —repitió Óliver mirando a su alrededor en busca de aplausos.

Pero ahí se iba a equivocar si pensaba que yo me iba a quedar callado.

—Señor Schlüter, eso no es cierto. Y no sé lo que quiere decir Óliver con eso. Nos encontramos con ella, no se encontraba muy bien y por eso se había ido a dar un paseo. Miki solamente la estaba acompañando.

—¡Acompañando! —me imitó Óliver con tono de burla—. ¡Se estaban besando! ¡Sí, señor!

—¿Y dónde están esos dos ahora? —quiso saber la señora Sulte-Stratmann.

Yo me encogí de hombros.

—No lo sé. Nicole, probablemente, ya haya vuelto a nuestro *bungalow*.

—¡No, estamos aquí! —escuché decir a Miki a mis espaldas.

Se acercó a nosotros con Nicole de la mano.

—Es cierto, hemos estado paseando. Sólo queríamos despedirnos tranquilamente. Eso es todo —explicó, mientras que Nicole miraba con la cara roja como un tomate al suelo.

—¡Y también os habéis besado! —gritó Óliver desesperado.

El pobre daba pena.

—¿Es eso cierto? —me preguntó Estefi, que de repente había aparecido a mi lado.

Yo asentí.

—Pero yo no delato a mi hermana. Y a Miki menos aún —le susurré.

Estefi asintió con la cabeza, me guiñó un ojo y me sonrió. Ésa fue una sensación muy bonita.

—¡Ya tengo bastante! —interrumpió el «Gran Siggi»—. Esto no es una excursión. ¡Es una pesadilla!

¡Y eso lo decía precisamente él!

—¡Pero si ellos estaban besuqueándose!

—¡Silencio, maldita sea! No quiero volver a oír hablar de eso. ¡No quiero volver a oír hablar de nada! ¡Ni de indigestiones, ni de perros hambrientos, ni tampoco de escenas de despedida! ¡Tengo los nervios a flor de piel y vosotros los estáis pisoteando! En cinco minutos volvéis a estar en la cama, porque de lo contrario, ¡ya os podéis ir preparando para el próximo examen de Lenguaje!

Funcionó. Tan rápidos como habían llegado, todos volvieron a desaparecer. Creo que cada uno de nosotros recordaba aún muy bien el último dictado de extranjerismos.

Mis colaboradores y yo nos tomamos algo más de tiempo. Al fin y al cabo teníamos que informar a Estefi de lo que había ocurrido. Además, no nos apetecía discutir con los Bad Boys, que iban por delante de nosotros despotricando a los cuatro vientos sobre las mentiras que habíamos ido contando, sobre todo yo.

Ya casi habíamos llegado a nuestro *bungalow* cuando nos alcanzó Nicole.

—Gracias, hermanito —dijo adelantándonos—. Te debo una y Miki también. Me ha dicho que te dé recuerdos.

—Gracias. ¿Es que vais a volver a veros?

Ella asintió con la cabeza y me miró con expresión radiante. Parecía mucho más guapa que otras veces. Quién sabe, tal vez aún llegue a ser una buena profesora.

De repente, Fede me sacó de mi romántico ambiente.

—¡Eh, tíos, eh! ¡Precioso ha desaparecido!

Inmediatamente nos paramos, incluso Nicole.

—¿Desaparecido? —pregunté—. ¿Y eso cómo es posible? Si tú normalmente no lo sueles perder de vista ni un segundo.

—¡La culpa la tienen Daniela y Natalia! —dijo enfadado—. Querían jugar con él, así que lo dejé en el suelo cuando todos estábamos alrededor del «Gran Siggi». Y luego, no sé cómo, ¡me olvidé de él!

—¡Esto no puede estar pasando! —se quejó Estefi—. Voy a necesitar por lo menos tres semanas para recuperarme de esta excursión.

Fede brincaba alrededor de nosotros como una gallina espantada.

—¡Tenemos que buscarlo! ¡Tenemos que buscarlo ahora mismo!

—Ahora mismo no —dijo de repente Nicole—. Esperad primero a que los demás estén en sus *bungalows*. ¿O es que queréis tener más problemas con el «Gran Siggi»?

—¿Nos ayudarás? —le pregunté.

—Claro. Vosotros me habéis ayudado y ahora os ayudaré yo. No creo que haya ido muy lejos. Además, por aquí seguro que no le puede pasar nada malo.

—Tú no conoces a Precioso —le contestó Estefi—. Con ése se puede uno esperar cualquier cosa.

—En ese caso hace buenas migas con vosotros —respondió mi hermana sonriendo—. Pero una cosa hay que reconoceros: con vosotros no se aburre uno nunca.

Lo tomé como un cumplido. En aquel momento hasta me sentí un poco orgulloso de mi hermana. Curiosamente tuve la sensación de que las cosas entre nosotros iban a cambiar cuando volviéramos a casa.

Esperamos a estar seguros de que ya no andaba nadie por fuera y luego volví a salir, por segunda vez en esa noche, en busca de un desaparecido.

De puntillas nos deslizamos entre los *bunga-lows* llamando en voz baja por su nombre a Precioso. Sin éxito. Miramos bajo cada arbusto y tras cualquier árbol. Parecía como si se lo hubiera tragado la tierra.

—Ya sólo nos queda la muralla —dijo Nicole finalmente—. Allí aún no hemos buscado.

—Pero si está completamente cubierta de vegetación —dijo Estefi—. ¡Allí no lo encontraremos en la vida!

Fede casi explota de consternación.

—¡Eh, tía, eh! ¡Yo no pienso darme por vencido! ¡Aunque tenga que tirarme toda la noche buscándolo!

Dicho esto, salió con paso firme hacia la muralla. Nosotros le seguimos, de nuevo llamando a nuestro pequeño amigo.

Yo ya llevaba un buen rato rastreando a cuatro patas entre la maleza cuando de repente escuché un ruido que conocía de sobras: el silbido de Precioso.

—¡Eh, venid aquí! —exclamé—. ¡Puedo oírlo silbar!

Fede fue el primero en llegar adonde yo estaba.

—¿Dónde? ¿Dónde está?

—¡No lo sé! ¡Cierra el pico de una vez, que, si no, no puedo oír nada!

Contuvimos la respiración y escuchamos. Hasta Nicole estaba más callada que una momia. Ahí estaba de nuevo: el silbido inconfundible. Lo seguimos de puntillas.

Rabanito fue el primero en verlo. Estaba inmóvil delante de un gran arbusto y miraba fijamente en dirección a la muralla de la fortaleza. Su rabo estaba muy tieso, señalando hacia arriba, como suelen hacer los perros cuando han encontrado algo excitante. Y mientras tanto, soltaba de vez en cuando un silbido bajito.

Fede ya quería precipitarse sobre él, pero yo le detuve porque vi el motivo por el cual Precioso estaba tan nervioso.

¡De la oscuridad de la muralla salió una figura!

Mi instinto de detective reaccionó inmediatamente.

—¡Al suelo! —ordené.

Y mira por dónde, todos me hicieron caso, hasta mi hermana.

Yo estaba tumbado panza abajo, mientras la

hierba me hacía cosquillas en la nariz. No me atrevía a levantar la cabeza, por miedo a que la siniestra figura me descubriera. Pero luego pudo más mi curiosidad que mi miedo. Levanté la cabeza y supe quién era. ¡Esa misma siniestra figura la había visto yo antes! La había estado persiguiendo la noche de nuestra llegada, mientras los demás acudieron a la fiesta medieval. ¿Podía ser el «Gran Siggi»?... ¡No! Su silueta era demasiado delgada para ser él.

La figura pasó, con pasos inaudibles, a tan sólo un par de metros de mí. Me acurruqué en el suelo y contuve la respiración. Sólo cuando estuve seguro de que ya no podría verme, me levanté. Los demás hicieron lo mismo que yo. Fede volvía a tener a Precioso en brazos. Estaba más contento que si la señora Sulte-Stratmann le hubiera hecho una proposición de matrimonio.

—¿Era ésa la figura que viste? —preguntó Rabanito en voz baja.

Sentaba bien ver que tus colaboradores reconocían haber cometido un error.

—¿Qué figura? —quiso saber Nicole—. ¿Quién era ése?

No tenía tiempo de largas explicaciones.

—No lo sé, pero creo que tiene que ver con la enfermedad de nuestros profesores.

La verdad era que no tenía ni idea de si estaba en lo cierto o no, pero quería perseguir a ese misterioso individuo. Y funcionó. Los demás me siguieron sin rechistar, mientras yo, en posición agachada, avanzaba de árbol en árbol, persiguiendo a escondidas a la misteriosa figura.

—¿De dónde habrá salido ese tipo? —preguntó Estefi cuando nos escondimos tras un árbol.

—Posiblemente de uno de los pasadizos secretos —contestó Nicole—. Al parecer, hay bastantes por aquí. Llevan a las bóvedas del sótano. Me lo contó Miki.

Sentí un escalofrío. ¿Acaso podría tratarse de un fantasma?

¡Teníamos que descubrirlo!

La figura se dirigía muy decidida hacia la entrada que llevaba a las viviendas y las habitaciones de los huéspedes en las que se encontraban nuestros profesores.

—¡Tío, pero si es Willi, el jardinero! —exclamó Estefi de repente.

Tenía razón. Cuando llegó a la puerta, su cara fue iluminada por un segundo por una lámpara que colgaba sobre la entrada. Ese corto espacio de tiempo fue suficiente para reconocerle. La arrugada cara del anciano era inconfundible. ¿Sería él quien arrastraba sobre su conciencia las calamidades sufridas por nuestros profesores? Pero, ¿por qué? Y si así fuera, ¿se disponía ahora a culminar su malévola obra? Un gélido escalofrío me recorrió la espalda. ¿Sería el jardinero el loco que quería eliminar a todos los profesores?

Sólo había una forma de averiguarlo. Teníamos que seguirle a la fortaleza.

—¿Le seguimos? —pregunté por si acaso.

—¿Qué, si no? —contestó mi hermana para mi sorpresa—. Ahora soy yo la que quiere saber qué hay detrás de todo esto.

Tuvimos suerte. La puerta de entrada a las viviendas sólo estaba entornada. Por un segundo pensé en que, tal vez, se podía tratar de una trampa, pero había que correr ese riesgo. Decidido, empujé la puerta y la abrí. Sigilosamente, subimos las escaleras y pronto nos encontramos ante el pasillo que ya conocíamos de nuestra visita a los enfermos. Nos vimos rodeados por un silencio sepulcral que únicamente era interrumpido por los regulares silbidos de Precioso.

—Éstas son las habitaciones de los huéspedes —susurró Estefi—. Aquí están «el guapo de Gerardo», la señora Rotkehl y también el Director.

—Y detrás está la vivienda de los Waldburg —añadió Nicole en el mismo tono silencioso.

Nos quedaba una última puerta. Sin mediar ni una palabra más, nos acercamos con cuidado a ella.

—¿Y ahora qué hacemos? —preguntó Rabanito.

—Uno tiene que mirar por la cerradura —contesté.

—Yo lo haré —se ofreció Fede enseguida.

Se agachó y miró por la cerradura. La tensión se hizo casi insoportable.

—¿Qué ves? —le pregunté cuando ya no aguantaba más.

En ese momento, Fede se levantó tan de repente que casi nos tumba a todos.

Respiró profundamente.

—¡Eh, tíos, eh! ¿Sabéis quién está ahí dentro?

—El jardinero —dijo Estefi.

—Sí, ése también, pero además están el «Gran Siggi» y la señora Sulte-Stratmann.

—¿En serio? —exclamó Estefi tan alto que yo ya me temía que la puerta se abriría de un momento a otro.

—¿Y... y sabéis lo que está haciendo el jardinero? ¡Le está echando a la señora Sulte-Stratmann en un vaso un líquido de una botella muy rara!

—¡El veneno! —solté horrorizado.

Nicole se me quedó mirando como si yo acabara de perder definitivamente el juicio, pero a mí me daba igual. De pronto me había dado cuenta de que el «Gran Siggi» y la señora Sulte-Stratmann eran inocentes. ¡Y no sólo eso! Ahora el jardinero pretendía culminar su macabra obra.

En los ojos de Fede se leía el terror en estado puro. Su querida señora Sulte-Stratmann iba a ser envenenada. Eso le hizo olvidar cualquier miedo.

—¡Tenemos que salvarla!

—¿Pero qué está pasando aquí? —se metió Nicole—. Os estáis volviendo locos, ¿o qué?

No había tiempo para largas explicaciones.

—Ya te lo contaremos luego. Ahora tienes que confiar en nosotros.

—¡Eh, tíos, eh! Asaltemos la habitación. Seguro que podemos con ese viejo jardinero.

A mí también me parecía la única posibilidad para salvar a nuestros profesores del peligro. Vi perfectamente que Estefi y Nicole se disponían a abrir la boca para protestar, pero una mirada decidida entre mi cuidador de perros y yo fue suficiente. Nos lanzamos contra la puerta. Ésta cedió mucho antes de lo que esperábamos, con lo que de un salto nos precipitamos en medio de la habitación.

—¡Eh, tío, eh! —le gritó Fede al jardinero, quien del susto, casi pierde el único diente que le quedaba—. ¡Aparta tus manos de la señora Sulte-Stratmann!

La víctima salvada pegó un grito y soltó el vaso con el veneno; éste se rompió con un fuerte tintineo contra el suelo. El «Gran Siggi» se asustó tanto que escupió el líquido blanco que acababa de tragar por toda la mesa. Al menos así había expulsado ese peligroso brebaje.

El «Gran Siggi» inspiró profundamente.

—¡No! —berreó—. ¡Tú otra vez, no!

Pero en esta ocasión lo tenía todo bajo control.

—¡Señor Schlüter, no se excite! ¡Le hemos desenmascarado! —dije señalando hacia el jardinero
desdentado, que se había quedado pegado contra la
pared con cara de cargo de conciencia—. ¡Él fue quien
envenenó a sus colegas!

La señora Sulte-Stratmann fue la primera en re-
cobrar el habla.

—¿El veneno? Dios mío, Charly, ¿de qué estás
hablando?

—Yo tampoco sé qué le pasa —intervino mi hermana—. Nosotros únicamente vimos cómo Willi salía
de uno de los pasadizos secretos y venía hacia aquí.
Así que le seguimos.

—¿Pasadizos secretos? —bufó el «Gran Siggi»
alterado.

Nuestros profesores se nos quedaron mirando.
En sus caras se veía claramente que nos tomaban por
chiflados. Había llegado el momento de aclarar los he-
chos. Precisamente me disponía a empezar, cuando
fueron llegando uno detrás de otro «el guapo de Gerardo», la señora Rotkehl y el Director. Viéndolos ahí,
uno al lado del otro, se notaba perfectamente en qué

orden habían caído enfermos. «El guapo de Gerardo» estaba pálido, la señora Rotkehl de un color verde claro y el Director de un verde oliva.

—¿Pero qué escándalo es éste? —quiso saber «el guapo de Gerardo».

—Eso mismo me gustaría saber a mí —escuchamos decir a la señora Waldburg, quien, rulos al viento y marido al arrastre, intentaba abrirse paso entre la multitud.

El señor Waldburg fue el primero en darse cuenta de lo que estaba pasando. Durante unos instantes los miró de uno en uno, hasta que su mirada cayó sobre la misteriosa botella. Inmediatamente cambió la expresión de su cara. Él sabía lo que estaba ocurriendo.

—¡Willi! No habrás… ¡Pero si te lo prohibí expresamente!

—Jefe… —dijo éste arrepentido, balbuceando como mi abuelo cuando se olvida de ponerse la dentadura—. Si sólo ha sido un traguito. Eso no le puede hacer daño a nadie. Y es muy saludable, como si fuera una medicina.

El «Gran Siggi» estaba al borde de la desesperación.

—¡Como no me explique alguien enseguida lo
que está pasando aquí, va a ocurrir una desgracia!

—Lo siento mucho —dijo el señor Waldburg,
consciente de su culpa—. Creo que ahora sé de qué
enfermaron sus compañeros. Se trata del aguardiente
que usted acaba de beber.

—Que me disponía a beber... —le corrigió el
«Gran Siggi».

—Pues alégrese por ello, señor Schlüter.
Porque aún no resulta potable. Es de elaboración pro-
pia. Se trata de una receta que encontramos cuando
renovamos estas estancias. Iba a ser una especialidad
para nuestros huéspedes, sólo unas cuantas botellas.
La pega es que debe estar como mínimo dos años ma-
durando antes de que se pueda beber. Al menos eso
ponía en la receta. Pero claro, ¡Willi no ha podido esperar!

—Pero jefe... —murmuró Willi—, si eso son tonterías.

—¿Tonterías? Y entonces, ¿por qué se ha

puesto toda esta gente enferma? Si le hubiera hecho caso a Miki... Él siempre me dijo que debía tirar ese brebaje. Y eso es lo que voy a hacer ahora mismo. Estaba completamente convencido de que nadie podía llegar hasta las botellas. Por eso no pude imaginar que el aguardiente fuera la causa de la enfermedad.

O sea que «eso» era a lo que se refería Miki durante su discusión con el señor Waldburg.

El «Gran Siggi» se reclinó en su silla.

—Así que era eso. Señor Waldburg, no sea tan duro con Willi. Únicamente lo hacía con buena intención. Nos encontramos casualmente con él. Yo estaba bastante alterado por las emociones nocturnas a las que nos ha sometido nuestro querido Charly. Así que nos invitó a su habitación para tomar una copita. Nos pareció muy amable por su parte y vinimos con él.

—En mi caso también fue así —dijo el Director con voz débil, sujetándose al marco de la puerta—. Cuando llegamos de la estación, yo tenía frío y Willi me ofreció una copita.

Ya sólo faltaban la señora Rotkehl y «el guapo de Gerardo». Nos los quedamos mirando porque esperábamos que nos contaran su historia. Pero la señora Rotkehl se puso colorada como un tomate, lo cual, mezclado con el verde claro de su cara, la dio un aspecto algo anaranjado.

—Bueno, pues… —comenzó «el guapo de Gerardo» bastante menos seguro de sí mismo que de costumbre— la señora Rotkehl y yo…, bueno, sí…, nos fuimos a dar un paseíto nocturno. Y entonces se… En fin, que nos encontramos con Willi. Bueno, y el resto ya lo saben. En fin, me vuelvo a la cama. Buenas noches.

—Por cierto, que yo siempre he tenido un estómago a prueba de bombas. Por eso tardó más en hacerme efecto —añadió la señora Rotkehl, y desapareció acto seguido, al igual que «el guapo de Gerardo».

Esta vez fueron el «Gran Siggi» y la señora Sulte-Stratmann los que intercambiaron unas miradas muy significativas. ¡La señora Rotkehl y «el guapo de Gerardo»! Quién lo iba a decir. Esa buena nueva consiguió casi consolarme de que finalmente no hubiera caído en mis redes ningún verdadero psicópata envenenador, sino únicamente un jardinero inconscien-

te, que para más inri, lo había hecho con buena intención.

El «Gran Siggi» se levantó.

—Creo que por esta noche ya es suficiente. Lo mejor será que todos nos vayamos a la cama y olvidemos este asunto lo antes posible.

—A mí eso me parece muy bien, señor Schlüter —dijo el señor Waldburg apenado—. Y le prometo que mañana por la mañana a primera hora tiraré las restantes botellas.

—Pues eso a mí también me parece muy bien, señor Waldburg —contestó el «Gran Siggi» sonriendo.

Luego me miró a mí. ¡Otra vez no!

—¡Y ahora vamos contigo, Charly! Creo que en los últimos dos días has atraído negativamente mi atención más veces que otros alumnos en toda su etapa escolar. Pero parece que al final tengo que estarte agradecido. Por lo visto nos has librado a la señora Sulte-Stratmann y a mí de unos cuantos días muy desagradables. Sin embargo, por favor, os lo pido por favor, ¡volved a vuestro *bungalow*, cerrad la puerta a cal y canto, y no volváis a aparecer hasta mañana por la

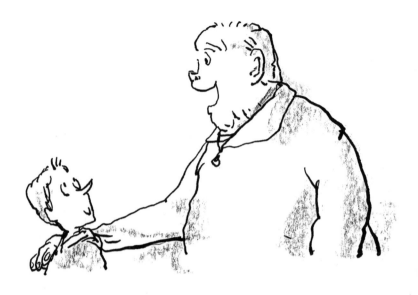

mañana! Mis nervios no serían capaces de soportar otro acto como éste.

Se lo prometimos y nos esfumamos rápidamente.

En fin, la «epidemia del profesor» no se había convertido en un caso espectacular, pero uno de los profesores, que además había sido uno de mis principales sospechosos, me había dado las gracias. ¡Y eso, al fin y al cabo, no ocurría todos los días! De modo que cuando bajábamos por las escaleras me sentía bastante satisfecho. Estaba impaciente por contarles a los

Bad Boys que habíamos resuelto el caso de la misteriosa epidemia del profesor. Me propuse exagerarlo todo un poco para que se pusieran bien envidiosos. Seguro que así se les pasarían, de una vez por todas, las ganas de dárselas de ser los mejores detectives.

Mientras que yo me preparaba una bonita historia para los Bad Boys, el «Gran Siggi» le iba contando por detrás de mí a la señora Sulte-Stratmann que cuando él era un niño siempre había querido ser conductor de autobús.

—Y a veces me pregunto... —decía— por qué no lo habré hecho.

Lo dicho, los profesores tienen un sentido del humor muy raro.

COLECCIÓN CUATRO AMIGOS Y MEDIO